카토
메구미
Megumi Kato

마루토 후미아키 = 지음
미사키 쿠레히토 = 일러스트

시원찮은
그녀를 위한 육성방법12

*Saenai heroine no
sodate-kata. 12*
Presented by Fumiaki Maruto
Illustration : Kurehito Misaki

육성방법

그녀를 위한

시원찮은

히
로
인

⑫

육성방법 그녀를 위한 시원찮은

마루토 후미아키 지음

미사키 쿠레히토 일러스트

이승원 옮김

목차

프롤로그

9

제1장
GS 2권 절찬 판매중이야! 꼭 읽어봐!

17

제2장
11권이 좋았던 분들은 여기서 영양을 보충 하세요.

37

제3장
불온한 묘사를 조금씩, 조금씩 은밀하게 넣어둘게요~.

49

제4장
사장이 천재 크리에이터인 회사는 진짜 조심해.

63

제5장
뜬금포 시리어스라는 말은 대체 누가 가장 먼저 쓴 걸까.

83

제6장
아~, 여기는 GS 3에서 꼭 보완해야겠네~.

103

제7장
여자의 독백은 귀엽지만, 남자의 독백은 꼴사납다니깐.

137

제8장
어? 왠지 미묘하게 마무리 단계에 들어선 것 같지 않아?

167

제9장
우와, 주역들을 단체 결석시킬 뻔 했어.

189

에필로그
그리고, 13권 프롤로그

225

후기

235

걸즈 사이드

프로듀서

하시마 이오리
Iori Hashima

\신생/
blessing
software
멤 버 명 단

기획, 서브 디렉터,
메인 히로인

카토 메구미
Megumi Kato

기획, 디렉터, 시나리오

아키 토모야
Tomoya Aki

음악

효도 미치루
Michiru Hyodo

원화, 그래픽 담당

하시마 이즈미
Izumi Hashima

Saenai heroine no sodate-kata. 12

프롤로그

"······."

상대방은 첫 번째 신호음이 끝나기도 전에 전화를 받았다.

화창······하다고 하기에는 약간 강렬한 한낮의 햇살이 쏟아지고 있는 9월 하순······.

『토모야 군? 지금 어디야?』

"아, 그게······ 방금 집을 나섰어."

집 근처의 가파른 비탈길, 통칭 탐정 언덕을 따라 서둘러 내려가며 전화를 받은 내 귀에 들려온 목소리는 평소처럼 약간 멍했지만, 그 안에는 들뜬 느낌 또한 희미하게 어려 있었다.

『그럼 한 시에 만날 수 있겠네. 나, 실은 이미 이케부쿠로인데, 지금은 백화점을 돌아보고 있어.』

"그, 그렇구나······."

아니, 아무래도, 이번만큼은 내 과대망상도 진실미를 띠고 있는 것 같았다.

그렇기 때문에, 『그녀』는 약속 시간 30분 전, 아니, 그보다 더 전에 약속 장소에 도착해서, 이렇게 내가 지각할 위험성을 제거하려 하는 것이리라.

……11권의 내용을 기억하지 못하는 분들에게 있어서는 뜬금없는 소리처럼 들릴 수 있는 말을 늘어놓아서 미안하지만, 현재 나와 리얼 타임으로 이야기를 나누고 있는 이는 바로 카토 메구미.

지금은 소리만 들리기 때문에 외모 묘사는 생략하겠지만, 나와 마찬가지로 토요가사키 학원 3학년이자, 게임 제작 서클 『blessing software』에 소속된 멤버.

그리고 나, 아키 토모야(프로필은 그녀의 거의 동일)와 30분 후에 저기 뭐랄까, 데, 데, 데…… 아니, 오타쿠가 이성을 상대할 때 발생하는 특유의 괴상한 언동을 생략하자면, 데이트를 하기로 한 여자애다.

아, 참고로, 11권의 내용을 기억할 뿐만 아니라 에필로그 부분을 보고 여러모로 고찰한 끝에, 카토 메구미에게 충격적인 사고가 발생해서, 『아아～, 피해자의 이름은 카토 메구미. 반복한다. 피해자의 이름은 카토 메구미……』 같은 경찰 무선과 함께 빠른 템포의 주제가가 흘러나오기를 기대…… 아니, 우려한 분들에게는 괜한 걱정을 끼쳐 죄송합니다. 안

심하세요. 살아 있어요. 혼수상태에 빠진 건 아니에요.

"저, 저기, 말이야……."

『응~?』

"나, 지금부터 외출하기는 하는데…… 미안하지만, 약속
장소에는 못 갈 것 같아."

『뭐…….』

"메구미, 미안해……. 지금 꼭 가봐야만 하는 곳이 있어."

……뭐, 그렇다고 해서 지금 상황이 전혀 심각하지 않은
거냐고 묻는다면, 대답을 회피할 수밖에 없겠지만 말이다.

『…….』

"저기, 메구미~? 내 말 들었지~?"

『…….』

"듣고 있지? 내 말, 알아들은 거 맞지~?"

『…….』

"겸사겸사, 저기~, 내 말을 이해해줬으면, 엄청 고맙겠는
데, 어때~?"

『으음…… 솔직히 말해서, 이제까지처럼 「으음~, 알았어.
그럼 다음에 봐~」라고 하고 대충 쇼핑이나 한 다음 돌아갈
수는 없을 것 같은데…….』

"그렇지? 그렇지이이이이이~?! 정말 죄송합니다!"

여자로서 당연한…… 아니, 매우 소프트한 대응이지만, 나는 심장에 얼음 칼날이 박힌 것만 같을 정도로 차갑고, 날카로우며, 묵직한 고통을 느꼈다.

『저기, 토모야 군. 대체 무슨 일이야? 데이트를 취소해야 할 만큼 급한 볼일이 생긴 거야?』

"아, 으음~. 저기, 그게, 그런 카테고리에 속할 것 같다고나 할까……."

『가족한테 무슨 일이라도 생겼어?』

"가족이 아닙니다! 전혀, 조금도, 눈곱만큼도 피가 섞이지 않았다고요!"

『그래도 누군가한테 무슨 일이 생긴 거지? 나도 아는 사람이야? 학교나 우리 서클과 관련된 사람이야?』

"아, 그게~, 뭐~, 그렇게 잘 알지도 못하고, 면식도 없을 것 같은데……."

『그래……. 그렇구나.』

핸드폰에서 흘러나온 메구미의 목소리에는 여전히 낙담의 기색이 어려 있었지만…….

그래도, 「메구미는 면식이 없다」는 내 설명을 듣더니, 아주 약간이지만 그녀의 목소리에 안도의 기색이 어렸다.

"뭐, 아무튼 자세한 건 오늘 밤에 전화해서 이야기해줄게. 제대로 보고, 연락, 상담할 거야."

『으, 응……..』

……그렇다고 해서, 나한테 있어 별것 아닌 사건은 아니지만 말이다.

 그리고 상황에 따라서는 메구미에게도 간접적으로 상당한 영향이 가해질지도 모른다는 걸 부정할 수 없었다.

 "저기, 미안해, 메구미……."

 『아~, 뭐, 피치 못할 사정이 있으니까 어쩔 수 없지.』

 "그래도…… 네 생일을, 같이 축하하지 못해서, 저기……."

 그래서 지금은, 진심에서 우러난 마음만을 입에 담았다.

 『미안』이라는 마음과, 『유감』이라는 마음이 뒤섞인, 「I am sorry」를 말이다.

 『뭐…… 됐어.』

 "메구미……."

 『저기, 솔직히 말하자면 좀 마음이 놓여. 각 방면에 변명을 할 필요도 없어진 거잖아.』

 "……메구미 양?"

 『그럼 오늘 밤 걱정거리나 한탄, 푸념 같은 걸 기대하고 있을게.』

 "아, 저기, 으음…… 아아아."

 마지막에 「잠깐만 있어 봐. 그게 무슨…….」 하고 되묻고 싶어지는 미묘한 말을 남긴 후, 메구미는 전화를 끊었다.

 남은 것은 안도의 기색 속에 약간의 낙담과 당혹감이 어려 있는, 나의 이 처치 곤란한 감정뿐이지만…….

그래도 나는 지금 가장 주시해야만 하는 사태에 정신을 집중하며, 비탈길을 단숨에 뛰어 내려갔다.

언덕 밑의 국도에서 택시를 탄 나는 행선지와 함께 가능한 한 서둘러 달라는 말을 전한 후, 한숨 돌렸다. 그리고 허둥지둥 지갑을 확인해본 후 택시 운전사에게 금액이 얼마나 나올지 물어보았다.

그리고 차가 동쪽을 향해 달리는 사이, 나는 메구미와 통화 할 때는 일부러 드러내지 않았던 초조함에 사로잡히면서 이마에 맺힌 진땀을 닦았다.

뭐가, 어떻게 된 거지…….
왜 『그녀』가…….

그리고 30분 정도 택시를 타고 이동했지만…….
머릿속에 떠오른 물음표와 최악의 가능성, 그리고 그것이 자아내는 최악의 사태를, 내가 한 가지조차 제대로 음미하기도 전에, 차는 목적지에 도착했다.

눈앞에는 엄청난 고급 호텔…… 같아 보이는 호화로운 건물이 있었다.
허둥지둥 건물 안으로 뛰어 들어간 나는 주위를 둘러본 후, 겨우 발견한 흰색 옷차림의 여성에게 질문을 던졌다.

"저기! 오늘 아침에 이 병원에 실려 온 코사카 아카네 씨의 병실은 어디죠?!"

제1장

GS 2권 절찬 판매 중이야! 꼭 읽어봐!

"소년, 무슨 일이야? 네가 왜 이런 곳에 있어?"

"그건 내가 할 말이에요!"

본인 확인을 마친 후, 간호사가 안내해준 병실은, 고급 호텔 객실 같아 보일 만큼 호화로운 인테리어…… 아, 고급 호텔에 묵어본 적이 없으니 진짜로 이렇게 되어 있는지는 모르지만.

아무튼, 널찍한 1인실에 압도당하며 안에 들어간 나는, 침대에 누워 있는 검은 장발의 여성에게서, 환영의 뜻이 전혀 담겨 있지 않은 인사를 들었다.

갓 서른 줄에 접어든 외모를 지녔으며, 실제 연령 또한 그렇다.

병실 앞 플레이트에는 『코사카 아카네』라고 적혀 있었으며, 그것은 그녀의 본명이자 펜네임이기도 했다.

동인 서클 『rouge en rouge』의 예전 대표이자, 현재 주식

회사 『코슈 기획』 대표 이사.

업계 경력 10년 이상에, 동인 시절부터 오타쿠 업계 최정상의 자리에서 군림해 왔을 뿐만 아니라 만화, 애니메이션, 게임 등 대부분의 오타쿠 미디어에 관여해 왔다. 또한 매상과 평가, 지명도, 전부 최고일뿐더러 사악하기 그지없는 걸로 정평이 나 있는, 통칭 인간 말종 크리에이터.

외모도, 알맹이도 몬스터인 그녀가 잠옷 차림으로 병실 침대에 드러누워, 팔에 링거를 맞고 있는 모습은 그야말로 위화감 덩어리였다.

지금 이 자리에 있는 사람은 『바로 그』 코사카 아카네다.

악마와 계약해 영혼을 팔았고, 흡혈귀의 피를 빨아 영원한 생명을 얻었으며, 천사를 지상에 추락시켜 자신만 하늘로 올라갔다는 소리를 듣는, 바로 그 괴물인 것이다.

……이 말을 처음 한 사람은 센스가 있기는 해도 정말 무례하다는 생각이 들었다.

"한 시간 정도 전에 마르즈의 마에카와라는 사람한테서 전화가 왔어요."

"……그 쓰레기 디렉터, 무능할 뿐만 아니라 의미 없는 짓거리만 해 대네. 반년 전에 박살을 내버렸어야 했어."

"아무 상관없는 사람 앞에서 그런 소리 하지 마세요."

그랬다. 한 시간 전…….

9월 23일, 낮 12시를 조금 지났을 즈음이었다. 슬슬 이케부쿠로로 향하려던 내 핸드폰에 처음 보는 전화번호로 전화가 왔다. 그리고 전화를 받아보니, 중년 남성의 당황한 목소리가 핸드폰에서 흘러나왔다.

자신은 마르즈의 사원이며, 방금 자신과 회의를 하던 코사카 씨가 쓰러져서 현재 응급차로 병원에 향하고 있다. 또한 『코사카 씨가 직접』 나를 부르라고 했으니, 지금 바로 병원으로 와줬으면 한다. 그런 일방적이고 영문 모를 소리를 늘어놓은 후, 10분 후에는 그녀가 옮겨진 병원 이름까지 빌어먹…… 감사하게도 알려줬다.

"그런데 왜 너한테 가장 먼저 연락한 거지? 아무리 내가 얼추 이 세상 전체를 적으로 돌렸다고는 해도, 소년한테 의지해야 할 정도로 주위에 사람이 없지는 않은데 말이야."

"나도 같은 질문을 했어요……."

그랬더니, 마르즈의 사원인 마에카와 씨는 코사카 아카네가 의식을 잃은 상태에서 중얼거린 말 때문이라고 알려줬다.

그 사람 말에 따르면 「아니, 그것보다, 아키 토모야가 제대로 시나리오를 완성시켰는지 확인해야 해……」라는 말을 몇 번이나 되풀이하며…….

"……누가 그랬는데?"

"아니, 글쎄 코사카 씨가 그랬다고요."

"그런 헛소리를 믿었어? 너, 바보지?"

"너무 말도 안 되는 헛소리라서 믿을 수밖에 없었어요!"

의식이 몽롱해진 코사카 아카네는 그런 소리를 중얼거리며 떨리는 손으로 핸드폰 주소록에서 내 이름을 고르더니, 통화 버튼을 누른 후, 그대로 의식을 잃었다고 한다.

"……전혀 기억이 안 나."

"그건 나도 마찬가지예요! 코사카 씨가 이렇게 나 나를 신경 써주는 이유를 전혀 모르겠다고요!"

뭐, 겨우 일주일 전, 시나리오 관련으로 상의를 한 적은 있다. ^{11권 제6장에서}

하지만, 아니, 그렇다고 해서, 그녀가 의식을 잃기 직전에 주마등처럼 머릿속에 떠올릴 만큼 인상적인 상의를 했다고는 생각되지 않는다.

"뭐, 좋아. 기왕 이렇게 됐으니 겸사겸사 확인 해볼까. 시나리오의 진척 상황은 어때?"

"저기, 자기 몸 걱정부터 좀 하시죠……."

체력이 단숨에 바닥나버린 나는 테이블 앞에 놓인 의자를 옮겨 와서(철제 접이식 의자가 아니라 엄청 비싸 보이는 의자였다) 침대 옆에 앉았다.

"그런데 코사카 씨. 뭐가 어떻게 된 거예요?"

"내가 어떻게 알아."

"아니, 그래도……."

"정신을 차리고 보니 침대 위에 있었어. 그런 건 간호사한테나 물어봐."

"……."

코사카 씨를 병원으로 옮긴 마에카와라는 사람은 현재 회사로 돌아갔으며, 지금 이 병원에는 그녀를 직접적으로 아는 사람이 없다. ……뭐, 나 이외에는 말이다.

"그건 그렇고, 마르즈 녀석들 앞에서 쓰러지다니. 최악이네."

"……."

아니, 최악의 상황에 처한 건 데이트(이렇게 된 거 단언하겠어!) 직전에 펑크를 내고 만 나라고 생각하지만……. 뭐, 환자 앞에서 할 소리는 아니니 어쩔 수 없다. 무슨 병에 걸린 건지는 모르지만 말이다.

"뭐, 됐어. 곧 다른 관계자들이 올 테니 너는 가 봐."

"아~, 그래도 누가 올 때까지 곁에 있을게요."

뭐, 환자를 그냥 두고 가는 것도 마음에 걸렸다. 무슨 병에 걸린 건지는 모르지만 말이다.

"괜찮겠어? 왠지 안절부절못하는 것 같은데. 혹시 데이트하러 가던 길 아냐?"

"으음, 그렇기는 한데……."

"……뭐? 농담 삼아 해본 말인데, 정말이었어? 중증 오타쿠 주제에 제법인데, 소년. 너는 지금 너 이외의 중증 오타쿠를 전부 적으로 돌렸어."

"농담 삼아 해본 말이면 끝까지 농담으로 취급해주세

요……."

뭐, 이렇게 독설을 늘어놓는 걸 보면 걱정은 안 해도 될 것 같았다. 아니, 걱정할 마음도 가셨다.

솔직히 말해, 처음에 전화로 그녀의 상태를 들었을 때는 차가운 무언가가 등을 타고 스멀스멀 기어 올라오는 것처럼 느껴질 만큼, 불길하고 섬뜩했다.

의식이 몽롱해진 상태에서 그녀가 가장 신경 쓴 것이 내 시나리오라니, 영문을 알 수가 없었다.

"그런데 시나리오 작업은 순조로워?"

"아니, 그러니까……."

즉, 진짜로 그녀의 심층 심리가 가장 신경 쓰고 있는 게 내 시나리오 그것인 걸까……?

"결국 어떤 방향성으로 가기로 했지? 지금까지의 노선으로 일관할 거야? 아니면 새로운 길을 추구할 생각인가?"

"아니, 아까부터 몇 번이나 말했다시피 지금은……."

코사카 씨가 몸을 일으키며 그렇게 묻자, 나는 그녀를 침대에 누이기 위해 그녀의 어깨에 손을…….

"코사카 아카네! 네가 쓰러졌다니 그게 무슨…… 토모야?"

"……윽."

……엎은 순간, 매일같이 들었던 얼간이 같은…… 아니,

새된 목소리가 병실에 울려 퍼졌다.

"어? 어…… 어라?"

"아~, 으음…… 안녕, 에리리."

"뭐야. 카시와기 선생님한테까지 연락한 거냐……. 골치 아프게 됐네."

그렇다. 얼간이…… 같은 대명사적 표현은 일단 제쳐 두고, 코사카 아카네의 병실에 들어온 두 번째 병문안 손님은 바로 나도 잘 아는 인물이었다.

집에서 허둥지둥 뛰쳐나왔는지 전에 본 변장용 옷차림에, 그래도 차 안에서 머리카락을 정돈 하긴 했는지, 깔끔하게 묶은 금발 트윈 테일.

이 『금발 트윈 테일』이라는 단어만으로 인물 소개를 마친 거나 다름없지만, 일단 끝까지 소개하자면, 그녀의 이름은 사와무라 스펜서 에리리.

내가 초등학생 때부터 알고 지낸 소꿉친구이자, 10년 동안(진정한 의미에서) 악연으로 얽혀 있던 사이.

한때는 『blessing software』에서 일러스트를 담당하며, 나와 함께 꿈을 좇았던…… 아니, 내가 일방적으로 꿈을 강요했던 사람이자, 현재는 토요가사키 학원에서 나와 같은 반이자 옆자리 친구.

그리고 현재 코사카 아카네와 함께 상업 쪽 대작 RPG의 캐릭터 디자인에 종사하고 있으며, 곧 저패니즈 드림의 상징

이 될, 인기 급상승 중인 신예 크리에이터, 카시와기 에리.

"어, 어, 어어어어어~? 자, 자, 잠깐만! 토모야가 왜 코사카 아카네 옆에…… 나이 차 커플치고는 어중간하고, 누님 쇼타라고 하기에는 토모야가 나이를 너무 먹었잖아! 대체 이 시추에이션을 뭐라고 표현해야 해애애애~!"

"표현 안 해도 돼! 그리고 병실에서 고함지르지 마."

……그런 오타쿠 엘리트 중의 오타쿠 엘리트지만 얼간이.

어이없을 정도의 얼간이.

"그, 그, 그리고 너는 코사카 아카네와는 저번 합숙 때 딱 한 번 만났을 뿐……."

"아니, 뭐, 그렇기는 한데……."

"그래, 맞아. 그리고 함께 바닷가 드라이브도 했고, 밤새도록 전화로 자〇 토크도 했지."

"코사카 씨, 그, 그건……?!"

"바, 바다? 자, 자, 자〇자〇자〇……?!"

"……아, 저기~, 으음~, 그게, 그러니까…… 방금 그건 크리에이터적 비유야. 여러모로 보완해서 해석하길 권장해."

참고로 독자 여러분께서는 『바닷가』에 『코믹마켓 개최 장소』, 『자위』에 『시나리오』라는 덧말을 붙여줬으면 한다.

"너희 대체 언제 친분을 쌓은 거야?! 레벨 1 용사와 최종 보스 아니었어? 사로잡힌 공주님을 구하기 위해 꾸준히 레벨업 하고 있던 거 아니었냐고?!"

"아니, 뭐, 요즘 RPG에서는 초반에 최종 보스가 나오는 패배 확정 이벤트가 의외로 흔하거든. 안 그래?"

"맞아. 그리고 초반에 크게 부각된 공주님 포지션 같은 캐릭터가 실은 들러리에 불과했고, 나중에 나온 진짜 메인 히로인에게 주인공을 빼앗기는 전개도 많지."

"드, 들러, 들러, 들러들러들러……."

"코사카 씨, 평소에도 이런 식으로 에리리를 놀리고 그러죠? 맞죠?"

그렇지 않고선 이렇게 절묘한 만담 콤비 느낌을 자아낼 수 없으리라.

그리고 나는 이런 두 사람을 보면서 데자뷔를 느꼈다.

마치, 금발 트윈 테일과 흑발 롱 헤어의 크리에이터 만담…….

"사와무라 양은 여전히 분별력도 없고 꼴사납구나. 정말 한심하기 짝이 없어."

"아, 아니, 카, 카, 카……."

내가 그런 생각을 하는 사이, 당사자가 등장했다!

"카스미가오카 우타하아아아아아아아아아아~!"

예. 그래요. 바로 그 사람입니다.

"병실에서 떠들지 마, 사와무라 양. 저 침대에 누워 있는 사람도 일단은 환자잖아. 뭐, 인간은 아니겠지만 말이야."

"쳇, 카시와기 선생님뿐만 아니라 카스미 선생님한테도 연락했나……."

그렇다. 카스미가오카 우타하이자, 카스미 우타코.

밝은색 코트 차림에, 머플러를 둘러서 긴 흑발을 감췄으며, 따뜻한 느낌의 복장을 했는데도 입에서 나오는 말은 여전히 도쿄 빙하기.

한 학년 선배이자, 내가 숭배하는 소설가.

한때는 『blessing software』에서 시나리오를 담당하며, 나와 함께 꿈을 좇았던…… 아니, 내가 일방적으로 꿈을 강요했던 사람이자, 현재는 토요가사키 학원을 졸업한 소오 대학 1학년.

그리고 현재 코사카 아카네와 함께 이하 생략인 신인 크리에이터.

"정확하게는 내가 연락을 받고 사와무라 양에게 연락한 거야. 병문안 선물을 준비하느라 늦었어."

우타하 선배는 그렇게 말하면서 테이블 위의 꽃병에 물을 붓더니, 준비해 온 꽃다발을 집어넣은 후 침대 옆에 뒀다.

"잠깐, 카스미가오카 우타하! 항상 자기만 어른스러운 척 하지 말라구!"

"적어도 당신보다는 한 살 더 어른이니까 어쩔 수 없지 않을까?"

그런 것치고는 준비해 온 꽃이 조문 때 쓰이는 국화라는 게 걸리지만…….

"그럼 너는 납득이 가? 코사카 아카네와 토모야가 몰래 만났다는 게."

"아니, 그러니까, 그저 시나리오 관련으로 상의를 했을 뿐인데……."

하지만 우타하 선배는 에리리의 도발이나 내 변명에 귀를 기울이지 않으며, 계속 어른스럽게 행동하려 했다.

우타하 선배는 자신과 에리리가 앉을 의자를 침대 옆에 놓더니, 에리리에게 먼저 앉으라고 권했다. 에리리가 투덜거리면서 의자에 앉자 자기도 의자에 앉았다. 그리고 검은색 스타킹에 감싸인 아름다운 다리를 꼬더니…….

"……납득이 갈 리가, 없잖아아아아아아?"

"히이이이익?!"

그리고 엄청난 기세로 다리를 떨기 시작했다.

솔직히 말해, 전혀 어른스럽지 않았다.

"나는 한동안 시나리오를 대대적으로 수정하느라 집 밖에 _{11권에서 코빼기도 내밀지 못했다}나가지도 못했는데…… 그런 식으로 내가 찬밥 신세인 동안, 서른 줄 여자가 열 살 넘게 어린 남자애와 러브러브를 해? 천벌 받아 마땅하지!"

"우, 우, 우따아 떤빼, 쑤, 쑤, 쑴 마쳐……."
_{우타하 선배   숨 막혀}

게다가 침대에 누워 있는 환자에게 진심 어린 저주를 퍼부으며, 다른 병문안 손님의 목을 졸라 댔다.

응. 전혀, 절대로, 눈곱만큼도 어른스럽지 않았다.

"아, 아, 아, 으음…… 그, 그만, 아니, 토모야 너, 으음……."

그리고 에리리는 폭주하기 시작한 우타하 선배를 말릴지, 아니면 함께 나를 비난할지 고민하며, 아무 의미 없이 내 주위를 빙글빙글 맴돌고 있었다.

저기, 내가 이런 소리를 하는 것도 좀 그렇지만, 어떡할지 빨리 좀 결정해.

"윤리 군, 나하고는 거리를 둔다고 했으면서, 이런 아줌마랑……. 이 여자가 나한테 무슨 짓을 했는지 뻔히 알면서! 정말이지 아줌마는 최악이야! 집념 강하지, 성격 더럽지, 머리카락도 길지!"

"저, 저기, 우타하 선배, 그거 전부……."

「그건 전부 누구누구 씨에게도 적용되는 말인데요……」라는 단말마는, 진짜 단말마가 될 게 뻔해서 입에 담지 못한 채, 내 의식이 어둠에 삼켜지려 한 순간…….

"아카네! 너 쓰러졌다면서…… 아."

"어, 오소노도 왔네."

"아아아아앗! 마치다 씨, 살려줘요~!"

구원의 여신으로 보이는 상식적인 사람이 병실에 들어왔…….

"……자아~. 일단 다들 이쪽 쳐다봐~."

"찍지 미이이아아~!"

"좋아, 잘 찍혔네. ……에잇."

"잠깐만, 방금 그 사진을 어디에 올린 거야아아앗~?!"

……하고 생각하며, 안심하기에는 일렀다는 걸, 나는 곧 통감했다.

※　※　※

"뇌…… 뇌경색?"

"응. 자세한 건 검사를 받아봐야 알 수 있대."

병원 로비에 있는 커피숍.

병문안을 마친 우리 네 사람은 그 커피숍의 테이블에 둘러앉은 후, 앞으로의 사태에 대비해 각자가 지닌 얼마 안 되는 정보를 교환하고 있었다.

"마르즈 쪽 사람한테 들은 건데, 회의 중에 화이트보드에 일러스트를 그리며 프레젠테이션을 하다가 갑자기 펜을 놓치더니, 그 후로는 오른손을 들어 올리지를 못한 것 같아."

"잠깐만…… 그거 엄청 심각한…….."

……아니, 대부분의 정보는 마지막에 나타난 이 사람이 가져다준 것이다.

나이는 코사카 아카네와 비슷…… 아니, 사실상 동갑.^{대학생 시절 동급생}

보통 몸집에 보통 키인 몸에 검은색 정장을 입었고, 머리카락 또한 단정한 단발이며, 또한『올바른 어른』을 구현화한 듯한 겉모습(속은……)인 이 여성은, 편집자.

후시카와 서점 판타스틱 문고 부편집장이자, 카스미 우타코의 담당 편집자, 마치다 소노코.

또한 마르즈×코사카 아카네(&카스미 우타코&카시와기 에리)의 빅 프로젝트『필즈 크로니클ⅩⅢ』에서, 후시카와 서점이 담당하는 노벨라이즈 및 코미컬라이즈 등의 미디어 믹스 전반을 맡은 담당 편집자이기도 하다.

작년 6월쯤에 한 번 만났을 뿐이지만, 깔끔한 겉모습과, _{본편에서는 2권 이후로 처음 등장했다} 장난스러운 속내 사이의 갭은 1년 넘게 지났는데도 변함이 없었다. _{걸즈 사이드 시리즈에서 자주 나와요}

……뭐, 아무래도 느긋하게 인물 소개나 할 상황이 아닌 것 같지만 말이다.

과로나 빈혈이었으면「거보라지~」하며 웃어넘길 수 있을지도 모르지만, 솔직히 말해 방금 그 병명은 좀 심각했다.

"이 세상을 파멸시켜서라도 살아남을 괴물인 줄 알았는데, 좀 허무하게 가버렸네."

"저기, 그 사람 선배 고용주거든요? 그리고 아직 살아 있다고요."

우타하 선배는 독설을 내뱉으면서도 마음속 한편으로는 진심으로 걱정하고 있는 것 같았다(정말?).

"참고로 그녀의 병실은 차액 병실비만 해도 하루에 ●만

엔은 넘어. 나도 어릴 적에 사흘 정도 거기 입원한 적이 있는데……."

"그런 다른 차원의 현실은 가르쳐주지 않아도 돼."

에리리는 자신의 체험담을 이야기하면서, 코사카 씨의 병세만이 아니라 경제 상황에 대해서도 매우 걱정하고 있었다 (진짜?).

"그 자리에 있었던 사람들이 급히 응급차를 부르려고 했는데, 아카네 본인이 괜찮다면서 고집을 부렸다고 해."

"뭐, 그 사람이라면 그런 소리를 하고도 남죠."

"그래도 억지로 병원으로 끌고 가려고 했더니 TAKI 군의 이름을 언급하니까, 주위에 있던 사람들이 나보다 먼저 너한테 연락을 한 모양이야."

"……그랬, 군요."

줄곧 「코사카 아카네가 그렇게나 나를?」 같은 의문이 머릿속에 맴돌고 있었지만, 방금 들은 이야기 덕분에 수수께끼가 풀렸다.

……즉, 코사카 아카네가 내 이름을 언급한 데에는 『별다른 이유가 없는 것이다』.

그녀는 그때, 뇌혈관이 막혀 있었다.

그러니 정상적으로 생각하는 게 불가능했을 것이다.

그래서 일주일 전에 나와 나눴던 별것 아닌 내용을 『우연히』 떠올렸고, 그것만이 계속 신경 쓰인 것이리라.

"그런데, 왜 코사카 아카네가 토모야를 언급한 건데?"

"왜 그 여자가 윤리 군을……."

"아~."

……내가 혼자서 납득하고 있을 때, 사태가 전혀 진전되고 있지 않다는 것을 그제야 깨달았다.

"……아마 코사카 씨는 기억이 혼탁해진 탓에, 머릿속 한편으로 신경 쓰던 일을 무심코 언급하고 만 걸 거야."

나는 그녀의 병명을 듣고 나름대로 내린 결론을 두 사람에게 설명했지만…….

"하지만 그 말은 코사카 아카네가 머릿속 한편으로 토모야를……?!"

"심층 심리에 새겨져 있는 거라면, 사태가 더욱 심각한데……."

그녀들은 전혀 납득하지 않았다.

"저기, 두 사람 다 그런 것보다 지금 이 상황에 대해 생각해보는 게 어때? 보스가 쓰러졌잖아? 이런저런 일이 있기는 했지만, 그래도 일단은 저 사람에게 신세를 지지 않았어?"

나는 결국 사실 관계를 따지며 싸우는 걸 관두고, 정에 호소하기로 했다.

하지만…….

"누가 길바닥에서 죽어 나가든 내버려 둬라…… 하고, 코사카 아카네는 항상 자기 입으로 떠벌리고 다녔어."

"이런 말도 했었지……. 자기가 죽는 한이 있어도 작품만은 반드시 지켜 내고 말겠다, 완성하고 말겠다, 고 말이야."

"그러니 만약 우리가 길바닥에서 죽어 가더라도 그냥 쳐다보기만 할 거랬어……."

"각오를 너무 심하게 다졌는데……."

전직 군인이냐? 혹시 러시아 출신?

역시 이 세상에서 가장 『정』이 어울리지 않는 최종 보스(당사 비교).

"뭐, 아마, 아니, 분명 과장이 섞였을 테지만…… 그래도 그녀 자신이 우리에게 그런 사상을 심으려고 매일같이 그런 소리를 했어."

"그러니까 우리는 그 여자의 사상에 맞춰줄 수밖에 없어. ……왜냐하면, 우리의 고용주거든."

하지만 그런 매몰찬 소리를 한 두 사람…… 아니, 코사카 아카네의 생각을 말과 태도를 통해 억지로 보여준 두 사람을 유심히 보니, 눈동자에 희미하게 걱정의 빛이 어려 있었다. 강대하기 그지없던 보스를 진심으로 걱정하고 있는 것이다(이번만큼은 그나마 진짜 같았다).

"뭐, 아무튼 셋 다 이만 집에 가 봐. 병원에는 내가 남을게."

"마치다 씨……."

대화가 잠시 중단되자, 이 자리에서 가장 나이가 많은 이가 그렇게 말했다.

"걱정 마. 너희나 아카네가 어떻게 생각하든, 업계가 그녀를 지킬 거야. 죽어도 뇌만은 살려 놓을 거니까 안심해."

왜 이 업계 사람들은 하나같이 그녀를 인간 취급 안 하는 걸까⋯⋯.

"그러니 내가 한동안 일을 내팽개치고 아카네를 간병하더라도, 후시카와의 상층부는 아무 말도 안 해."

그런 업계의 구조를 뼛속까지 속속들이 알고 있으면서도 아마 가장 납득하지 않는, 코사카 아카네를 누구보다 잘 이해하고 있을 사람(우타하 선배 의견)은⋯⋯.

뭐, 어른답게 자신의 현재 지위를 가능한 한 유효히 활용하려는 것 같았다.

"TAKI 군, 아무 상관도 없는 너를 이렇게 느닷없이 불러서 미안해."

"아니, 그게⋯⋯ 괜찮아요."

평소 같으면 「어차피 한가했거든요」 같은 겉치레를 입에 담았겠지만, 오늘만큼은 각계각층의 여러분께서 죄책감을 느껴줘야만 하는 상황이라 그렇게 말할 수밖에 없다.

아마, 아니, 분명 집에 돌아간 후에 여러모로 난리가 날 게 불 보듯 뻔하다고나 할까⋯⋯.

"아, 그리고 이 일은 각 방면에 엄청난 충격을 일으킬 수 있으니까 아무한테도 말하면 안 대."

"부탁이에요! 딱 한 사람한테만 이야기하게 해주세요! 뭐든 다 할게요!"

제2장

11권이 좋았던 분들은 여기서 영양을 보충 하세요.

『흐ㅇㅇㅇㅇㅇㅇㅇ음~.』

"하지 마. 납득한 기색이라고는 눈곱만큼도 없는 「흐ㅇㅇ
으음~」 같은 건 하지 말라고."

그리고 토요일 밤 여덟 시.

마치다 씨에게 빌고 또 빈 끝에, 절대 퍼뜨리지 않는다는
조건으로, 어찌어찌 자초지종을 설명해도 된다는 허락을 얻
었다.

차근차근 설명 할 수 있도록 리허설까지 하고 스마트폰을
움켜쥔 나는, 주소록에 있는 『카토 메구미』를 터치했다.

그렇게 철저하게 배려한 결과가 바로 방금 언급한, 감정이
전혀 담겨 있지 않은 맞장구였다.

10권 42페이지 참조
분명 전화기 너머에서는 그때 그 경멸하는 눈빛으로 허공
을 쳐다보고 있겠지…….

응. 오늘은 스카이프로 화상 통화는 하지 말자. 어떤 표정

으로 쳐다볼지 상상도 안 돼.

『뭐, 그런 절박한 상황이었으니, 바람맞는 것도 어쩔 수 없다고 납득할 수밖에 없겠네. 하지만, 으음~, 으음…….』

메구미의 투덜거리는 말투는 전혀 『납득』한 것처럼은 들리지 않는다고나 할까, 으음~, 으음…….

"아는 사람이 쓰러졌어. 게다가 꽤 심각한 상태였다잖아. 설령 불구대천의 원수일지라도 돕는 게 당연하지 않아?"

뭐, 이 세상에는 불구대천의 원수이기 때문에 돕는다는 문법도 존재한다고 하지만 말이다.

『토모야 군은 정말 멋져~.』

"전혀 납득하지 않은 말투로 「멋져~」 같은 소리 좀 하지 마~."

하지만 마음속에 품었던 결의가 전부 부질없어져버린 사람에게는 그런 미학이 통하지 않는 게 당연했다. 뭐, 그게 어느 정도의 결의였는지는 모르겠지만 말이다.

"게다가 시나리오 관련으로 조언을 들었던 걸 비롯해, 꽤 신세를 지기도 했고……."

하지만 그『코사카 아카네에게 신세를 졌다』는 발언에 관해서도 메구미는 할 말이 있는 것 같았지만, 아니, 실제로 이런저런 말을 듣기는 했지만…….

『뭐, 전에 나를 두고 갔을 때 했던 변명보다는 그나마 낫네.』

"그때는 피치 못할 사정이 있었다고! 그리고 납득도 해줬잖아!"

그리고 이제 와서 1년 하고 석 달 전의 일을 가지고 이런 소리를 할 거라고는 생각도 못했다.

아니, 지금, 이런 관계, 아니, 이런 상황이니까 이런 소리를 하고 싶은 걸지도 모른다.

뭐랄까, 카토 메구미도 꽤 캐릭터 고찰을 할 맛이 나는 히로인이 됐는걸.

……그게 나한테 있어서 좋은 일인지는 일단 제쳐 두기로 하겠다.

『뭐, 나는 코사카 아카네라는 사람을 그다지 좋아하지는 않지만…… 그래도, 그런 이야기를 들으니 걱정되네. ……그 사람 어떤 상태야?』

"아, 말은 아무렇지도 않게 하고, 쓰러지면서도 충격을 받지는 않은 모양이라, 크게 문제가 있는 것 같지는 않았어."

『그게 허세가 아니면 좋겠는데 말이야. 뇌에 문제가 생기는 건 꽤 심각한 일이잖아.』

메구미가 방금 말했다시피, 뇌에 문제가 생긴다는 것은 매우 심각한 일이다.

가까운 이들 중에 그런 병에 걸린 사람은 없지만, 간접적으로 접하게 된 정보만으로도 불안을 느끼게 될 만큼, 뇌는 인간의 몸 중에서 가장 섬세하고 중요한 부분이다.

특히 코사카 아카네의 경우, 끝도 없이 샘솟는 풍부한 아이디어의 원천을 잃게 될 가능성에 직결된 문제인 깃이다. 그것은 오타쿠 업계, 아니, 전 세계에 영향을 끼칠지도 모를 만큼 엄청난 손실이다.

"하지만 우리가 걱정한다고 병이 낫는 것도 아니잖아. 뒷일은 의사한테 맡길 수밖에 없어."

『뭐, 그건 그래.』

그러고 보니⋯⋯.

코사카 아카네는 움직이지 못하게 됐다는 자신의 오른팔을 단 한 번도 이불 밖으로 꺼내지 않았다.

『그런데 에리리랑 카스미가오카 선배의 게임은 괜찮아? 가장 높은 사람이 쓰러져버린 거잖아.』

"그것도 우리가 걱정한다고 어떻게 될 문제가 아니야."

코사카 아카네가 침울해하거나, 풀이 죽은 모습은 상상조차 되지 않았다.

나뿐만 아니라, 그녀를 아는 모든 사람들이 마찬가지일 것이다.

그렇기 때문에 그녀는 아까도 숨 쉬듯 자연스럽게 허세를 부린 게 아닐까?

『그 게임도 연말에 발매할 예정이지? 지금 꽤 중요한 시기 아냐?』

"그럴지도 모르지만, 내가 할 수 있는 건 방금 했던 코멘트를 또 한 번 입에 담는 것뿐이야."

언제 퇴원할까?

퇴원하자마자 바로 현장에 복귀할 수 있을까?

에리리와 우타하 선배가 이 일 때문에 어떤 식으로든 영향을 받게 되는 건 아닐까?

컨슈머 게임의 최종 완성 기한은 동인 PC 게임보다 한 달은 짧을 것이다.

『에리리는 괜찮은지 모르겠네……. 연락 해봐도 될까?』

"관둬."

『하지만…….』

"아무것도 할 수 없는 사람이 곤란하지 않냐고 물어본다면, 그 말을 듣는 사람도 곤란할 거야."

『그건 그렇지만…… 으음…….』

그렇다. 해결책을 제시해줄 수 없는 상황에서 그런 연락을 해 봤자 걱정만 늘어날 뿐, 좋을 게 하나도 없다.

"그보다, 우리 둘한테도 매우 중요한 우려 사항이 있어."

『우려 사항? 그런 게 있어?』

그러니 긍정적인 이야기를 해서 상황을 얼버무…… 아니, 분위기를 밝게 만들자.

"오늘 우리는 데이트를 하려다 못했잖아."

『……아~.』

……하지만 상대방의 반응은 영 미묘하다고나 할까, 며칠 전으로 되돌아간 것만 같았다.

"니, 다음 주 주말도 비어 있는데　　. 시나리오 작성 말고는."

『하지만 내 생일은 이미 지나버렸잖아~.』

"아, 아니, 그건 그렇지만, 일주일 정도 늦어지는 건 아슬아슬하게 세이프라고 할지……."

『그리고 오늘 이런저런 일이 있어서 수중에 있던 돈을 다 써버렸거든. 그러니 한동안은 무리일 것 같아.』

"대체 뭘 샀길래?! 대체 뭐에다 쓴 건데?!"

큰일 났다. 아무래도 카토는 납득하지 않은 것 같았다. 아니, 꽤 스트레스가 쌓인 것 같았다.

저기, 카토 메구미 양? 너는 원래 이런 일을 대충대충 넘기는 캐릭터 아니었어?

『뭐, 매사에 중요한 건 타이밍이지~.』

확실히 목소리 자체는 엄청 대충대충이지만, 『엄청』이라는 말이 붙는다는 시점에서 전혀 대충대충이 아니거든?

『한 번 어긋나기 시작하면 다시 되돌리지 못하는 경우가 있단 말이야~.』

이거, 시나리오 리딩을 하기 전의 상태보다 훨씬 악화된 거 아냐?

3걸음 정도 전진했다가 200걸음 정도 후퇴한 건가……?

『뭐, 그러니까 토모야 군은 메인 히로인 시나리오 작성에 힘쓰도록…….』

"그럼 중단한 시나리오 리딩 말인데⋯⋯."

『뭐⋯⋯?』

그렇다면, 아니, 그렇기에, 내가 취해야 할 행동에는 변함이 없다.

"서브 디렉터님? 그건 언제부터 다시 할 거야?"

그저 우직하게, 촌스럽게, 앞으로 나아갈 뿐이다.

아니, 앞으로 나아가고 있는지 후퇴하고 있는지는 모르지만 말이다.

『저기, 토모야 군. 그것과 이건 별개 아닐까?』

"응. 별개지. 데이트보다 더 중요한, 게임 제작에 관한 일이니까."

『한동안 쉬고 싶다고 내가 전에 말하지 않았어?』

"그래. 말했어."

『그럼⋯⋯.』

"하지만 메구미의 생일이 『완전히』 지나가버렸을 만큼 시간이 지난 것도 아니고~."

『우와아⋯⋯.』

"게다가, 슬슬 시나리오를 완성해야만 하는 건 사실이야."

『으으⋯⋯.』

그렇다. 나는 정공법을 펼쳤다.

상대가 200걸음 후퇴하자, 나는 전력 질주로 199걸음 다가간 후, 다시 쉬지 않고 걷는다는 왕도적 전술을 펼친 것이다.

……혹사는 이런 것을 두고 막무가내 전술이라고 부를지도 모른다.

『토모야 군, 요즘 들어 엄청 뻔뻔해진 것 같아~.』

"걱정 마. 올해 들어서 벌어진 메구미의 흑화에 비하면 별것도 아냐."

『나 여전히 어벙해~. 시꺼멓지 않아~.』

"아, 딱히 흑화 히로인이 나쁘다는 건 아냐. 흑화 캐릭터도 좋지. 히로인의 캐릭터성을 확연하게 살리는 방법이라고 생각해."

『카스미가오카 선배랑 캐릭터가 미묘하게 겹치지만 말이야.』

"바로 그 언급이야말로 흑화 캐릭터의 진수야. 음, 용케도 이 정도 수준까지 시커매졌구나, 메구미."

『저기, 메인 히로인이 그렇게 돼도 돼?』

"뭐, 무미건조한 것보다는 낫지 않을까?"

음, 역시 정공법은 좋다.

점점 이 대화가 기분 좋게 느껴졌다.

아, 그렇다고 방금까지의 거북한 대화가 기분 나쁘게 느껴졌던 것은 아니다.

뭐랄까, 메구미와 요즘 나눈 대화는 기분이 좋든 나쁘든, 그러니까, 아무튼, 여러모로 좀 그랬다.

『나…… 역시 이번 메인 히로인에게서 새로운 캐릭터성을 개척할 필요가 있는 걸까?』

"그것도 재미있기는 할 거야. 예를 들어…… 주인공이 아무리 약속을 어기더라도 전부 자상하게 보듬어주는 천사 캐릭터 같은 건 어때?"

『그랬다간 내가…… 아니, 히로인이 엄청 스트레스를 받지 않을까?』

"그래도 지금까지는 매번 대충 넘어가줬잖아."

『대충 넘어갈 때보다 전부 보듬어주려고 할 때, 엄청 스트레스를 받을 거야.』

"그렇기 때문에 캐릭터성이 살아날 거라고!"

『남자는 정말 제멋대로라니깐.』

"어이, 메구미! 미소녀 게임에서 그런 걸 부정하는 캐릭터는 인기를 얻지 못해!"

『그래? 오히려 인간미 넘쳐서 인기를 얻지 않을까?』

"주인공을 보듬어줘야 할 히로인이 이렇게 성가셨다간, 유저들이 엄청 피곤할 거라고!"

『아, 예~. 그러세요~.』

메구미는 그런 소리를 하면서도, 결국 자기가 하기 싫다던 시나리오 리딩을 어느새 자연스럽게 해주고 있었다.

여러모로 성가시면서도 쉬운 녀석인 점이, 카토 메구미라는 소녀가 어느새 지니게 된 히로인 속성이다.

어쩌면 그녀가, 다른 누군가와 함께 길러 낸…… 것일지도 모른다.

아주 조금 흔치 않을⋯⋯지도 모르는, 캐릭터성인 것이다.

※　※　※

『⋯⋯그럼 이만 끊을게.』

"응."

⋯⋯메구미가 그렇게 말한 순간, 시계의 시침과 분침이 동시에 천장을 가리켰다.

『아무튼 시나리오 리딩은 안 할 거지만, 무슨 일 있으면 바로 연락해.』

"이제 와서 그런 소리 해 봤자 의미 없지 않아?"

네 시간 동안 쉴 새 없이 이야기꽃을 피워 놓고 말이다.

한 사람이 입을 다물면, 다른 한 사람이 이야기를 이어 나갔다.

한 사람이 대답을 못하자, 다른 한 사람이 자연스럽게 화제를 바꿨다.

『뭐, 시나리오가 너무 막혀서 마감에 맞출 수 없을 것 같으면⋯⋯ 진심으로 나한테 부탁해봐.』

"알았어. 무릎 꿇고 싹싹 빌며 부탁할게. 나를 남자로 만들어달라고 하면 되지?"

『절대 하지 마. 토모야 군은 망설임 없이 여자 앞에서 무릎을 꿇을 것 같아.』

"메구미가 용서해준다면 얼마든지 그럴 수 있어."

『시나리오 리딩 이외의 다른 요구는 받아들이지 않을 거야. 일단은 말이야.』

"일단은, 같은 소리 하지 마! 그건 가능성이 있다는 거나 마찬가지라고!"

메구미가 이런 문제 발언에도 어울려주자, 오히려 내가 당황하고 말았다.

하지만 메구미는 시나리오 리딩을 재개했다고 생각하지 않는지, 우리의 관계는 아직 회복되지 않은 것 같았다.

뭐랄까, 나를 피하는 건지, 나한테 간섭을 하는 건지, 아니면 양쪽 다 아닌 건지, 도통 알 수가 없었다.

『뭐, 아무튼 힘내. 앞으로는 다른 일은 신경 쓰지 말고, 우리의 게임에만 전력투구하는 거야.』

"……"

『……토모야 군?』

"응. 알았어. 그럼 이만 끊을게."

『잘 자.』

잘은 모르겠지만, 왠지 미소가 절로 입가에 맺힌 듯한 기나긴 통화를 마친 후, 나는 장시간의 통화 탓에 발열이 심한 스마트폰을 테이블에 내려놓았다.

그리고 기분 좋은 피로에 몸을 맡긴 채, 가볍게 눈을 감은 후, 천장을 올려다보았다.

눈꺼풀을 통과한 붉은 빛이 눈에 낳았다.

몸을 가득 채우고 있는 것은 네 시간 동안 쌓인 행복.

그리고…….

"……."

마음속에서, 삐걱거리고 있는, 정체불명의 『무언가』.

아마, 내가 놓치고 있는 것.

아니, 분명, 필사적으로 눈을 돌리려 하는 것.

나와는 상관없다고…… 아니, 『상관하고 싶어도 할 수가 없다』고 단정 지으려 하는 것…….

제3장

불온한 묘사를 조금씩, 조금씩 은밀하게 넣어 둘게요~.

"토모야……?"

"안녕."

그리고 사흘 후, 화요일 저녁.

수업을 마치고 귀가한 후(메구미는 여전히 후지ㅇ키 시ㅇ리 증후군 ^{같이 하교하면} 상태라 혼자 ^{부끄럽다} 털레털레), 사복으로 갈아입고, 바로 집을 나선 나는…….

걸어서 5분 정도면 도착할 수 있는 언덕 위의 저택…… 사와무라 저택의 벨을 눌렀다.

"평일인데 무슨 일이야?"

"아, 병에 걸리지 않았다길래 병문안 왔어."

"……병문안은 보통 누가 병에 걸렸다는 말을 듣고 하는 거 아냐?"

그랬다. 병에 걸렸든 걸리지 않았든, 오늘 방문의 목적은 분명 병문안이었다.

에리리는 이번 주 월요일과 화요일에 학교를 결석했을 뿐만 아니라, 담임이 「사와무라 양은 독감에 걸렸기 때문에 이번 주는 학교에 나오지 않을 거예요」라는 말을 반 애들에게 할 정도로 심각한 상태……인 걸로 되어 있는 것이다.

뭐, 월요일 아침에 LINE을 통해서 꾀병을 부릴 거라는 정보를 입수했지만 말이다.

"바보 같은 소리 하지 마. 네가 진짜로 독감에 걸렸으면 병문안 같은 걸 올 리 있겠어?"

"옛날에는 내가 아무리 강력한 전염병에 걸렸어도 아무렇지 않게 찾아왔으면서……."

"그때 내가 얼마나 무시무시한 짓을 한 건지 깨달은 거야."

그랬다. 에리리를 병문안할 때마다 나는 항상 공포와 직면해야만 했다.

……작년에 나스 고원에 갔을 때도 포함해서 말이다.

^{6권 제5장}

얼굴이 새빨개지고, 숨이 거칠어졌으며, 몇 분 동안 기침만 해 대더니, 갑자기 숨을 멈췄다. 그녀는 옆에 있는 이의 심장마저 멎을 것 같은 증상을 보였던 것이다.

"뭐, 됐어……. 어차피 잠시 쉴 생각이었거든."

에리리는 책상을 향하고 있던 몸을 내 쪽으로 돌리더니, 천장을 쳐다보며 크게 숨을 쉰 후 안경을 벗었다.

학교에서는 일명 『금발 트윈 테일 니 삭스 미소녀』로 통하는 그녀는, 현재 퍼석퍼석 금발 롱 헤어 녹색 체육복 안경소녀』로 변신한 상태다.

……뭐, 그중『안경』은 원래 내가 끼던 것이지만 말이다.

<small>메구미가 나한테 준 것</small>

"작업은 좀 어때? 꾀병을 부린 걸 보면 또 절박한 상황인 거지?"

그렇다.『독감에 걸려서 결석』이라는 것은 어찌 보면 전설의 무기다.

그 주문을 왼 순간, 사람들은 고열에 의한 쇠약 상태를 연상하고, 확산 방지라는 면죄부가 주어지며, 적어도 일주일 동안은 아무런 변명도 하지 않고 학교를 쉴 수 있다. 즉, 학생 혹은 사회인 겸업 작가에게 있어서 매우 편리한 병명이다.

뭐, 이 무기를 온존하기 위해서라도 진짜 독감에 걸리면 안 되겠지만 말이다.

"절박한 건 사실인데…… 전에 코사카 아카네가 한 말에 따르면, 한 달 뒤인 최종 완성 기한 때까지는 이런 상태가 쭉 계속될 거래."

"어이, 괜찮은 거야……?"

"걱정 마. 이번에는 A형 인플루엔자를 써먹었지만, 좀 날씨가 추워지면 노로바이러스나 B형 인플루엔자 같은 카드를 꺼낼 생각이야."

"너나 나나 진학은 포기한 거나 마찬가지지만, 졸업은 꼭 하자! 응?!"

뭐, 겸업 삭가답게 당당하게 꾀병이라는 카드를 써먹을 수 있을 만큼 다부진 애로 성장한 에리리를 보자, 그녀의 십년지기 소꿉친구인 나는 기쁨과 안도감, 그리고 약간의 쓸쓸함을 느꼈다.

　"그래도 날짜 계산은 하고 있으니까 걱정하지 마. ……하지만 지금은 딴 일을 생각할 겨를이 없다고 할까……."

　"그렇게 힘든 상황이야?"

　"힘든 정도가 아냐! 남은 30일 동안 러프까지 완성된 이벤트 그림 열두 장, 그리고 아직 손도 안 댄 이벤트 그림 열 장과 매장 특전용 일러스트 여덟 장…… 참고로 채색 감수도 하고 있습니다~."

　"또 하루 한 장 페이스로 그려야 하냐……."

　언제 어디서나 아슬아슬한 승부에 임하는 녀석이라니깐.

　그러고 보니 이달 초에 「모든 소재의 제출 기한이 9월 말」이라는 말을 들었던 것 같은데, 납기 기한이 늘어난 것 같네?

　"……뭐, 매장 특전 그림은 최악의 경우 보름 정도 더 잡고 있어도 될 테니까, 어찌어찌 끝까지 퀄리티를 낮추지 않고 최선을 다할 수 있을 것 같아."

　게다가 납기를 더 늘리려는 거냐?

　"퀄리티를 낮추지 않는다고……."

　"봐도 되지만, 유출은 하지 마."

　"그딴 짓 안 해……."

하지만 에리리의 책상 위에 있는 선화(線畫)를 보니, 「이걸 하루에 한 장……?」이라는 생각이 들면서 온몸이 떨려 왔다. 그 정도로 이 녀석이 그린 일러스트의 퀄리티는 상상을 초월했다.

이미 게임 잡지와 홈페이지에 공개된 샘플 CG만으로도, 마르즈 최신작 『필즈 크로니클ⅩⅢ』은 최근 시리즈 중에서도 손꼽힐 만큼 화제를 모으고 있었다.

최근 들어 유명한 베테랑 일러스트레이터 여러 명을 번갈아 기용한 필즈 크로니클 시리즈에, 상업 쪽에서는 전혀 알려지지 않은 신인 일러스트레이터와 전혀 다른 장르인 라이트 노벨에서 활약하던 작가가 발탁된 것이다. 그런 코사카 아카네의 선택은 찬반양론의 폭풍을 불러왔다.

하지만 처음에 발표된 키 비주얼을 비롯해 새로운 일러스트와 체험판이 나올 때마다, 부정적인 의견은 점점 잦아드는 것이 인터넷의 생생한 반응을 통해 직접적으로 느껴졌다.

약 1년 전, 19금 모에 동인 작가였던 고교생 일러스트레이터가 그린 세계가, 독약급 시나리오와 함께, 아마, 올겨울에 컨슈머계를 평정할 것이다.

……뭐, 그것도 제대로 된 시스템을 갖춘 게임이 완성된다는 가정하에서의 이야기지만 말이다.

"최선을 다하는 건 좋지만, 잠은 잘 자고 있는 거지?"

"석성 마. 요즘은 하루 여섯 시간은 꼭 자고 있어. 진짜 라스트 스퍼트 때에 대비해 체력을 온존해 둬야 하거든."

"진짜 라스트 스퍼트……."

"……뭐, 그런 상황이 벌어지지 않는 게 가장 좋지만 말이야."

그렇게 중얼거리면서 서로를 향해 쓴웃음을 지은 순간, 아마 우리 둘의 머릿속에는 같은 기억이 떠올랐을 것이다.

하지만 에리리는 곧 얼굴에 맺혀 있던 쓸쓸한 표정을 지우더니, 강렬한 눈빛으로 나를 쳐다보았다.

그것은 그 당시의 후회를 가슴에 품은 채 앞으로 나아가고 있는…… 아니, 너무 나아가버린, 강한 크리에이터의 눈빛이다.

"물올랐구나."

"물올랐다구? 그래? ……으음, 그럴지도 몰라."

그런 애매한 대답을 들을 필요도 없을 만큼, 에리리의 온몸에서는 충실감이 배어나고 있었다.

이 작품에 온 힘을 다하고 있다는 게 느껴졌다.

……아니, 내 작품 때도 온 힘을 다했으며, 그때 그린 그림에서도 그런 강한 마음이 느껴졌다.

하지만 지금은 그 마음에 커다란 자신감이 더해졌다는 걸 그림을 보면 알 수 있었다.

자신이 이 작품에 강한 생명력을 불어넣을 수 있다고 믿으며 붓질을 하고 있는 것이다.

에리리의 붓에 깃든 자신감이, 그녀가 그린 그림에 혼이 깃들게 했다.

그 그림을, 게임 플레이 중에 본 유저는 분명 소스라칠 정도로 놀랄 것이다.

이전 작품에 참여한 유명 일러스트레이터에게 뒤지지 않을, 아니, 오히려 앞서고 있을지도 모른다.

아마, 에리리는 내년부터 지금과는 전혀 다른 차원의 그림쟁이가 될 것이다.

게임만이 아니라 애니메이션의 캐릭터 원안처럼, 지금까지와는 전혀 다른 레벨의 클라이언트에게서 의뢰가 쇄도할 것이다.

또한, 마르즈가 그녀를 놓아주지 않을지도 모른다.

애초에 『필즈 크로니클ⅩⅢ』이 애니메이션화 등의 미디어 믹스가 이루어지며 더욱 화려하게 꽃피게 되면, 결과적으로 대량의 일이 그녀에게 들어갈 것이다.

이제 『내가 생각하는 최강의 미소녀 게임의 원화를 맡아줘. 아, 동인 게임이야』 같은 의뢰는 두 번 다시 받아주지 않을지도 모른다.

······뭐, 아까 했던 말을 한 번 더 하자면, 그것도 이 작품이 제대로 완성되어서 이 세상에 나왔을 때의 이야기지만 말이다.

"그러고 보니······ 그 후로 마르즈 측에서 연락은 왔어?"

"아니, 원래 나한테 연락하는 건 코사카 아카네뿐이야."

"그래?"

"응. 마르즈 사람들과 만난 것도 첫 인사 때뿐이고. 토모야가 도쿄 역에서 배웅해준 바로 그, 그, 그…… 아아아아아아아아아아아아아아~!"

나는 쓸데없이 트라우마를 떠올린 모양인 에리리를 개의치 않으면서 방금 그 말에 대해 생각했다.

즉, 코사카 씨는 『필즈 크로니클 XⅢ』을 만들면서, 메인 스태프인 두 사람을 진짜 제작 현장인 마르즈의 개발 팀으로부터 격리시켰다.

그 행동에 의미가 있는 걸까, 없는 걸까.

그리고 의미가 있다면, 대체 어떤…….

"아무튼 나한테는 딱히 연락 온 게 없어. 하지만 후시카와의 마치다 씨를 통해서 카스미가오카 우타하한테는 연락이 갔을지도…… 카, 카스미, 카스미가오카…… 카스미가오카 우타하아아아아아아아아아아아아~!"

"아~, 뭐, 그럴지도 모르겠네."

쓸데없이 몇 번이나 이상한 플래시백을 만끽하고 있는 에리리를 여전히 개의치 않으며, 나는 앞으로 자신이 할 일에 대해 생각했다.

에리리 본인은…… 지금의 이 녀석이라면, 괜찮을 것이다.

코사카 아카네가 쓰러졌는데도 불안감을 억누르며(억누르

고 있는 거 맞지?) 열심히 일을 하고 있다.

문젯거리는 에리리의 성과물이 코사카 아카네를 통하지 않고도 제작진에게 전해지느냐뿐이다…….

물론 그건 내가 신경 쓸 일도, 개입할 일도 아니다.

그러니, 걱정 해 봤자 아무 소용 없다는 것은 알고 있다.

알고 있지만…… 그래도 모른 척할 수는, 확인하지 않을 수는 없다.

「아무것도 할 수 없는 사람이 곤란하지 않냐고 물어본다면, 그 말을 듣는 사람도 곤란할 거야.」

나는 분명 그렇게 말했다.

그러니, 나의 이 마음은 메구미에게 한 말과 명백하게 모순됐다.

그래도 나는…….

"……토모야?"

"응? 아무것도 아냐. 생각 좀 했어. 에리리는 개의치 말고 하던 일이나 계속해."

어느새 나는 그런 출구 없는 생각의 미로 안을 10분 넘게 헤맨 것 같았다.

시계를 보니 이곳에 오고 30분 넘게 지났다. 『잠시 동안의 휴식』치고는 너무 긴 시간이 지난 것이다.

"아~, 으음, 응……."

"……어?"

하지만 에리리는 그런 나를 아무렇지도 않게 받아줬다.

옛날처럼 자신의 꾸미지 않은 모습을 보여주는 걸 싫어하지 않았다.

하지만, 옛날처럼 나를 아무렇게나 대하지도 않았다.

왠지 기분 좋은 듯이, 십년지기 소꿉친구답게, 나를 똑바로 쳐다보며, 자연스러운 미소를 입가에 머금은 것이다.

하지만…… 그녀의 시선은 책상 위에 있는 그리다 만 그림을 향하지 않았다.

"아……."

"토모야, 왜 그래?"

"그게…… 난 이만 가 볼게."

"뭐……."

그 순간, 눈치챘다.

에리리가 작업을 하지 않는 이유, 아니, 원인을 말이다.

아니, 그녀가 서클을 관둘 때, 들었던 것이다.

『나, 토모야가 곁에 있으면 그림을 그릴 수 없어.』

예전의 에리리는 내가 곁에 있든 없든, 개의치 않으며『좋

은 그림』을 그렸나.

하지만 지금의 에리리는, 아니, 『엄청난 그림』을 그릴 때의 『카시와기 에리』는…….

"가려고……?"

내가 방금 그 말을 한 순간, 느닷없이 에리리의 얼굴에 내가 아는 『에리리』의 표정이 어렸다.

내 셔츠 자락을 움켜쥔 채, 내 뒤를 졸졸 따라오던 초등학생 시절의…….

"응…… 또 놀러 올게."

"언제……?"

"으음…… 이번 주 일요일."

하지만 내가 아는 『에리리』는, 지금의 카시와기 에리처럼 『엄청난 그림』을 그릴 수 없다.

분명 이 녀석이 『엄청난 그림』을 그려 내는 순간을, 내가 목격하는 순간은 존재하지 않을 것이다.

그렇기에, 지금의 『카시와기 에리』가 그리는 그림을, 나는 그 누구보다도 숭배할 자신이 있다.

지금 이 자리에 있을 수가 없기에, 아니, 있고 싶지 않기에…….

"일요일에 꼭 와…… 알았지?"

그러면서도 불현듯 『에리리』로 되돌아간 에리리를 보니…….

"알았어. 우리 집은 걸어서 5분 거리잖아. ……그럼 갈게."

"응. 잘 가, 토모야."

왠지, 발걸음이 떨어지지 않았다.

※　※　※

사와무라 저택을 나서자, 서쪽 하늘은 아직 붉은색을 띠고 있지만 동쪽 하늘은 검은색으로 물들어 있었다.

문득 뒤쪽을 돌아보니, 에리리가 2층 발코니에서 턱을 괸 채 나를 쳐다보고 있었다.

그런 그녀를 한동안 쳐다보고 싶었지만, 한시라도 빨리 카시와기 에리가 강림해줬으면 했기에, 나는 빠른 걸음으로 비탈길을 내려갔다.

10년 전에 비해 조금 멀어졌지만, 그래도 믿음직한 소꿉친구이자 천재 작가.

누구보다 엄청나고, 누구보다 약하며, 쉽게 꺾이면서도 쑥쑥 성장한다.

그렇기에, 에리리는 반드시, 반드시 성공해야만 한다.

하늘 높은 줄 모르듯, 영원히 뻗어 나가야만 하는 것이다.

그렇다. 단 한 번의 실패도 있어선 안 된다.

제4장

사장이 천재 크리에이터인 회사는 진짜 조심해.

수요일, 오전 일곱 시.

평일 아침이자, 원래는 학교에 가기 위해 잠에서 깨어날 시간에…….

"좋은 아침이에요, 코사카 씨."

"어……."

고급 호텔로 착각할 만큼 호화로운 병원 입구를 통해 남들 몰래 밖으로 빠져나온 후, 교차로에 서 있는 택시에 타려고 하던 잠옷 차림의 여성에게, 나는 그녀의 등 뒤에서 말을 걸었다.

"『매일같이 그런 꼴사나운 짓 좀 하지 마』라는 말을 마치다 씨가 전해달랬어요."

"오늘 아침에는 오소노가 안 보이길래 기회를 잡았나 했더니, 다른 사람이 감시하고 있었냐……."

수요일 오전 7시 15분.

평일 이침이자, 원래는 학교에 가기 위해 잠에서 깨어날 시간에…….

"예. 그러니 침대로 돌아가세요. 오전 진찰 때까지 내가 감시…… 아니, 곁을 지킬게요."

"진찰해 봤자 소용없어. 나는 이미 완치됐거든."

"마치다 씨 말로는 아직 원인도 찾지 못했다던데……."

"돌팔이 의사 말을 어떻게 믿어. 이미 혈전은 녹았어. 자기 뇌에 대해서는 내가 가장 잘 알아."

"……그걸 증명하고 싶으면, 나랑 오른손으로 악수해요. 자, 꽉 쥐어보라고요."

"쳇……."

나는 호화로운 병원의 1인실에서, 전에 약간 신세를 진 적 있는…… 아니, 내게 꽤나 악랄한 짓을 한, 생판 남의 곁을 지키고 있었다.

……솔직히 나도 내가 왜 이러는 건지 모르겠다.

"너, 학교는 어쩌고 여기 있어? 고등학생 맞지? 이래서 졸업이나 제대로 하겠어?"

체념했는지 불평을 늘어놓으면서 침대로 돌아간 코사카 씨는…… 아니, 아직 체념하지 않았는지 비수로 찌르는 듯한 날카로운 독설을 토했다.

"그러는 코사카 씨야말로 이렇게 젊은 나이에 뇌경색에 걸릴 정도로 생활 환경에 문제가 있는 거잖아요. 반성하고 좀 얌전히 있을 생각은 없어요?"

"자는 시간도 아껴 가며 동인 게임을 만드는 인간이 생활 환경 같은 소리를 할 자격이 있다고 생각해?"

"적어도 나는 아직 쌩쌩해요."

"흥, 알 게 뭐야. 그저 『나보다 젊은 것』뿐이잖아. 한 10년 후면……."

"아~ 예. 내가 졌어요. 그러니까 괜히 흥분해서 혈압 올리지 마세요."

"흥……."

뭐, 자기가 고등학생보다도 어른스럽지 못하다는 사실을 자각한 듯한 코사카 씨는 퉁명한 표정을 지으면서도 순순히 침대에 들어갔다.

……여전히 오른손을 놀리지 못하지만 말이다.

"하아, 나흘이나 시간을 낭비했네. 대체 언제쯤 되어야 다시 일할 수 있지?"

"원인이 밝혀지고, 적절한 치료를 받은 후, 의사가 퇴원을 허가하면, 다시 일하세요."

입은 제대로 놀리는 것 같지만, 어제 마치다 씨에게서 들은 이야기로는, 몸은 아직 뜻대로 가누지 못한다고 한다.

온몸의 균형을 잡지 못해서, 똑바로 걷는 것조차 힘들다고 한다.

오른손의 악력이 돌아오지 않아서, 선을 똑바로 그을 수도 없다고 한다.

정면에 있는 상대를 보고 있는데도, 시선이 미묘한 방향을 향하기도 한다고 한다.

……그런 상태인데도 불구하고, 툭하면 감시자의 눈을 피해 자율 퇴원^{탈주} 하려고 하며, 한밤중의 병실에서 핸드폰 너머의 상대를 향해 고함을 지른다. 정말이지 이상적인 환자와는 거리가 멀었다.

"바보 같은 소리 하지 마. 그렇게 느긋하게 있다간……."

"느긋하게 있다간 어떻게 되는데요?"

"……너는 알 필요 없어."

그리고 그녀가 의사와 마치다 씨의 속을 썩이는 가장 큰 이유는 바로 초조함 일 것이다.

"최종 완성 기한이 한 달 앞으로 다가온 가운데, 우타하 선배는 시나리오를 완성했고, 에리리도『일단』계획대로 그림을 그리고 있어요. ……이제 마르즈의 개발 스태프에게 맡기면……."

"똑같은 말 몇 번이나 하게 하지 마. 그랬다간……."

"대체 그랬다간 어떻게 되길래요?"

"……큭."

코사카 아카네의 얼굴에 쓰디쓴 표정과, 험악한 눈매가 어렸다.

……엄청 무서웠다.

"나……도 그렇고, 코사카 씨 이외에는 현장에서 무슨 일이 벌어지고 있는지 아는 사람이 없어요."

하지만, 아무리 무서워도, 물어볼 수밖에 없다.

어젯밤, 나는 마치다 씨와 전화로 정보를 교환했다. 그리고 우리는 『필즈 크로니클ⅩⅢ』이 안고 있는 위험성을 인식하고 말았다.

마치다 씨는 「시 양이 개발 진행 상황을 파악하지 못한 것 같아」라고 말했다. 그리고 나는 「에리리는 마르즈와 직접 연락을 취한 적이 없대요」 하고 대답했다.

그 사실은 마치다 씨도, 나도, 우타하 선배도, 에리리도, 실제 개발 현장에서 무슨 일이 벌어지고 있는지 전혀 알지 못한다는 걸 뜻했다.

"그러니, 가르쳐주세요. ……코사카 씨가 없으면 『필즈 크로니클ⅩⅢ』이 어떻게 되는 지를요."

그리고 우리가 이런 상황인 것과 마찬가지로, 마르즈 쪽도 우리 쪽 상황을 전혀 파악하지 못했을 가능성이 있다.

즉, 두 세계를 내려다보고 있는 것이 유일신, 코사카 아카네뿐이라는 무시무시한 상황이…….

"그래서 나를 빨리 퇴원시키라고 몇 번이나 말했잖아."

"그 전에, 마치다 씨와 나에게 상황을 가르쳐주세요."

"그런 건 아무 의미도 없어."

"게임 제작은 팀 작업이죠? 보고, 연락, 상담이 중요하다고 배우지 않나요?"

뭐, 전에 서브 디렉터한테서 똑같은 말을 들은 적이 있는 내가 할 말은 아닐지도 모르지만 말이다.

아니, 그래도 그 말을 한 서브 디렉터가 눈물을 흘리며 나한테 엄청 화를 냈기 때문에, 그게 얼마나 중요한 건지 몸에 처절하게 배어 있었다.

그리고 내가 이 일에 고개를 들이밀었다는 것 또한 보고, 연락, 상담해야만 하는, 머지않은 미래에 펼쳐질 지옥 또한 처절하게 상상이 되었다······.

"나는 보고를 받는 사람이지, 할 사람이 아냐."

"지금까지는 그랬을지도 모르죠. ······당신이 전부 다 컨트롤할 수 있었던 지난주까지는 말이에요."

"내 게임을 내 멋대로 하겠다는데 뭐가 문제야?!"

"카시와기 에리와 카스미 우타코의 게임이기도 해요! ······제발 부탁이니까 흥분 좀 하지 마요!"

뭐, 마르즈의 게임이기도 하지만, 그 말이 환자를 더 자극할 것 같았기에 생략했다.

"······."

"······."

상대를 가능한 한 자극하지 않으면서도, 상대에게 있어 치명적인 화제를 입에 담았다.

마치 폭발물 처리반처럼 수명마저 줄어드는 듯한 미션에 임한 내 이마에는 식은땀과 진땀이 배어났다.

하지만 폭발물 또한 평소라면 느낄 리 없는 긴장감을 온몸으로 자아내며, 나를 똑바로…… 아니, 완벽하게 똑바로 쳐다보지는 못하면서 계속 노려보았다.

그리고 잠시 동안 도화선만이 짧아지는 듯한 초조함으로 가득 찬 시간이 흐르더니…….

"……알았어."

"코사카 씨……."

"오소노한테 이야기할래. 그 녀석에게 기대겠어."

드디어, 드디어, 입원 닷새째에 이르러서야, 코사카 아카네는 아주 약간 남에게 의지할 생각을 했다.

"그러니까 그 녀석한테 연락해. 무슨 일이 있든 간에 지금 바로 튀어 오라고."

"어제까지 나흘 동안 당신 옆을 지키며 한숨도 자지 않은 사람한테 그런 소리를 하라 이거죠……."

뭐, 아까 그 말을 제외하면 여전히 정상 운전 중인 것 같지만 말이다.

그래도 나는 서둘러 LINE을 키고 마치다 씨에게 메시지를 보냈다.

"그리고 연락한 다음, 너는 학교에 가."

"어……."

그렇다. 이걸로 내 미션은 컴플리트였다.

고등학생이고, 업계인이 아니며, 『필즈 크로니클XⅢ』과는 아무런 관련도 없다.

그저, 원화가와 시나리오라이터가 한때 같은 서클이었으며, 기획자와 아주 약간 면식이 있을 뿐이다.

그런 내가 할 수 있는 것은 여기까지…… 아니, 이만큼이나 한 것도, 코사카 아카네에 대해 아는 사람이 본다면 경악할 정도의 성과일 것이다.

그러니 뒷일은 마치다 씨에게 맡기고, 나는 나 자신의 생활에, 자신의 서클에 돌아간 다음…….

메구미에게 자초지종을 설명하고, 여러모로 괜한 일에 끼어든 걸 사과한 후, 이렇게 말하는 것이다.

「오늘까지 정말 미안했어. 하지만 내일부터는 우리 게임의 시나리오에 전력투구할게.」

「그러니까 이제 슬슬 시나리오 리딩의 재개 일정에 관해 상의하고 싶은데…….」

"……."

"……소년?"

그걸로, 이 일은 전부 끝나는 것이다.

※　※　※

그리고 오후 한 시.

나흘 만에 업무에 복귀한 마치다 씨는 쌓일 대로 쌓인 업무를 처리하느라 몇 시간 후에나 병원에 돌아왔다. 그래도 편의점에서 산 식량을 들고 눈썹 휘날리게 병실에 뛰어왔다. 그리고 거친 숨을 내쉬면서 샌드위치와 커피를 입에 욱여넣더니, 그제야 한숨을 돌린 듯한 어조로 이렇게 말했다.

"······그런데, 왜 TAKI 군이 아직도 여기 있어? 학교는 어쩌고?"

"그건 신경 쓰지 말아 주세요!"

뭐, 첫 마디가 이 일과는 전혀 상관없는 내용이었다는 점에 관해서는 신경 쓰지 말아 줬으면 한다.

"내가 붙잡은 건 아냐. 소년이 한사코 남겠다면서 안 가고 버텼을 뿐이지."

"내가 등교 전에 병원에 와서 아카네가 어쩌고 있는지 살펴봐 달라고 부탁하긴 했지만······ 그래도 이렇게까지 개입하란 뜻은 아니었어."

"지금 그런 이야기를 할 때가 아니라는 건 두 분 다 알고 있잖아요?! 『필즈 크로니클XⅢ』이 엄청난 위기에 처했다고요!"

내가 긴박한 목소리로 그렇게 외치자, 두 사람은 잠시 동안 미심쩍은 눈길로 나를 쳐다봤지만······.

그래도 두 사람은 내가 이 사리에 남아 있냐는 점 따위는, 현재 직면한 위기 상황에 비하면 아무것도 아니라는 인식을 공유하고 있는 것 같았다. 결국 코사카 씨는 현재 『필즈 크로니클XⅢ』이 처한 상황을 이야기해줬다.

　하지만…….

　"실은 마르즈가 제시한 『우리』의 마감은 9월 말…… 즉, 이제 일주일도 채 남지 않았어."
　""뭐어어어어어어어어어어어어~~~?!""
　그녀의 고해는, 시작부터 충격적이었다.

※　※　※

　코사카 아카네와 마르즈의 싸움은 그야말로 치열 그 자체……였던 모양이었다.
　마르즈의 개발 팀은 게임 파트의 품질을 안정시키기 위해, 개발 당초부터 이벤트 시나리오와 CG의 완성을 발매 석 달 전…… 즉, 9월 말까지로 제시했다. 그리고 코사카 아카네 또한 그 기일을 『일단』 받아들였다.
　하지만 개발을 진행하면서 『예상된 뜻밖의 사태』가 연달아 터졌다.
　7월 말에 완성된 초벌 원고 시나리오를 본 마르즈의 개발

신은 내용 및 스피드에 만족했으며, 작품을 만드는 토대는 이 시점에서 무사히 완성된 것처럼 보였다.

하지만 그 원고는 코사카 아카네의 고집 때문에 대폭 수정되었으며…… 8월 말에 받은 수정 원고의 충격적인 내용은 개발진이 머리를 끌어안게 만들었다.

개발진은 그 시나리오의 삭제, 혹은 대폭적인 단축을 통해 원만하게 다듬어 달라고 요청했지만, 코사카 아카네가 해피엔딩 시나리오를 『늘린다』는 어마어마한 수정안을 제시했다.

게다가 하루가 멀다 하고 성장하는 선화의 레벨 또한 마르즈 측을 전율하게 만들기에 충분한 정보량과 퀄리티였다.

오사카의 CG 팀이 아무리 열심히 색칠을 해도, 『노력과 성과는 별개』라는 듯이 코사카 아카네에게서 몇 번이나 재작업 지시를 받았다.

그리고 때때로 전달받은 원화가 카시와기 에리가 직접 채색한 CG의 퀄리티는 팀 멤버들을 좌절하게 만들었고, 개발 중인 CG 스태프 중 다섯 명이나 이 일을 관두는 사태로 발전했다.

그리고 9월…… 소재의 제출 기한이 한 달 앞으로 다가왔을 때, 마르즈 측의 태도는 급격히 딱딱하게 굳어졌다.

지금까지의 개발 페이스로는 연말 발매가 무리라면서, 자신들의 상황에 맞춰 짠 스케줄을 다시 제시…… 아니, 강요했다(코사카 아카네의 말에 따르면 말이다).

그 스케줄을 준수하기 위해, 더는 그래픽의 재작업 지시에 따르지 않을 것이며, 지금까지 받은 소재만으로 게임을 완성할 것이다.

또한, 줄어든 그림만으로 게임을 만들기 위해 시나리오도 초벌 원고로 되돌릴 것이며, 현재 제출된 전체 시나리오 중 3분의 2 정도로 볼륨을 줄인다.

물론 그런 마르즈의 횡포(어디까지나 코사카 아카네의 말로는 말이다)를 받아들일 수 없다며, 그녀는 최근 며칠 동안 이 작품을 자신의 구상대로 완성하기 위한 조절(이라는 이름의 전쟁)을 치러 왔다고 한다.

※　※　※

"3주……. 딱 3주만 마감을 늘리면 돼."

"……."

"……."

코사카 아카네가 분해 죽겠다는 듯이 원통함에 찬 목소리를 토하자, 우리는 말문이 막혔다.

"물론 발매일을 연기할 필요는 없어. 그건 게임 부분의 조절 기간을 압축하면 어떻게든 될 거야."

"……."

"……."

낯빛은 여전히 창백했고, 표정을 자아내는 근육 또한 활동을 정지했다. 우리는 그런 그녀의 말에 귀를 기울일 수밖에 없었다.

"그리고 그 놈들은 그런 기간 압축에 대응할 수 있는 인원을 거느리고 있지……. 우리는 세 명밖에 안 되지만, 그쪽은 수십 배는 되거든."

하지만 내 옆에 있는 마치다 씨는 나와 같은 상태에서 겨우겨우 정신을 차리더니, 입술을 부들부들 떨면서, 겨우겨우, 자신의 마음을 목소리에 담아, 코사카 씨에게 전했다.

"이~ 유아독존 몰살 여왕! 블러디 아카네에에에에에에~!"

방금 그 이야기를 처음 들은 사람으로서, 올바르기 그지없는 의견을 말이다…….

"마르즈는 아무 잘못 없잖아! 바른 소리를 했을 뿐이잖아! 클라이언트로서 당연한 대응을 했을 뿐이잖아!"

뭐, 마치다 씨의 말처럼 마르즈 측의 주장은 일리……가 있는 정도가 아니라, 그야말로 지당하기 짝이 없었다.

시나리오는 마르즈 측의 의견을 무시한 걸로도 모자라, 당초 예정보다 대폭 늘린 바람에 마감 펑크 상태였다.

그래픽은 과도한 집착에 따라 몇 번에 걸쳐 재작업을 강요했다.

　게다가 그런 외주 측의 사정에 따라 발생한 차질을 클라이언트의 사원 팀에서 메우게 하려고 하다니…….

　"그런 억지가 통할 리 있겠니!"

　"그렇지 않아! 조금만 더 했으면 목적을 달성할 수 있었어!"

　"그럼 말을 바꾸겠어! 외주 측의 그런 초절정 억지는『상대가 네가 아니었으면』절대 받아주지 않을 거야, 아카네!"

　"마, 마치다 씨, 환자를 흥분시키지 마세요!"

　나는 필사적으로 마치다 씨를 말리면서, 마음속으로 그녀의 주장에 전면적으로 동의했다.

　그런 익스트림 개발이 허용되는 건 자신의 오만함을 일관할 수 있을 정도의 실력과 성격을 업계 전체에 떨친, 몇 안 되는 인간 말종 크리에이터뿐이다.

　"그래서 나를 퇴원시키라는 거야! 딱 하루만 나한테 주면 마감을 3주 더 늘릴 수 있어!"

　"네 하루는 평범한 사람의 하루와는 달라! 그것도 몰라?!"

　그랬다. 코사카 아카네의 시간축은 우리 같은 일반인과는 시간의 흐름도, 정보량도 다르다.

　분명 실질 가동 시간 24시간, 육체와 정신의 소모 수준은 1000시간 가동 분량, 하지만 체감 시간은 1초.

　정신과 시간의 방에 갇힌 듯한 그런 상황을 24시간 동안 계속 유지한다는 뜻이며…….

"그건 너 말고는 그 누구도 해낼 수 없어. 그리고…… 지금의 너도, 해낼 수 없어."

그렇다. 그게 가능한 사람은 자신의 오만함을 일관할 수 있을 정도의 실력과 성격을 업계 전체에 떨친, 몇 안 되는 인간 말종 크리에이터…… 그 완전체뿐이다.

그런 괴물이, 뇌혈관이 몇 번이나 끊어지며, 화내고, 고함을 지르며, 협박을 해 댄 끝에, 겨우 해낼 수 있는 일인 것이다.

그건, 너무나도 특이한 게임 개발 수법이다.

솔직히 말해 내 서클보다도 엉망진창이었다. ……거대 상업 메이커, 그것도 킬러 타이틀을 만드는 건데도 말이다.

"나도 알아……. 내 방식이 주위 사람들의 룰에 맞지 않다는 것 정도쯤."

그것도 모를 정도의 얼간이는 아닌 것 같았다.

"하지만, 그런 식으로 갓겜을 만들 수 있겠어?"

그래도, 알면서도, 그렇게 무리를 계속하기에, 얼간이보다 더 질이 나빴다.

"그 녀석들이 하려는 건, 이 작품을, 『무난한 게임』으로 끌어내리는 행위야……."

그런 질 나쁜 사고방식은 사회적으로 도태되어야만 한다.

"그걸 용납할 수 있어? 나의…… 그리고, 그 두 사람의 이야기를, 이대로 묻히게 둘 수 있냐 말이야……."

그래서 나는, 나와 마치다 씨는, 병 때문에 어리광쟁이가 된 천재를, 차분히 설득해야만 한다. 자상하게 다독여야만 한다.

"왜 꼭 지금이어야 하는데! 하다못해 한 달만 기다려! 게임이 완성된 후에 실컷 죽이면 될 거 아냐!"

그녀가 하려는 짓이 그 누구도 할 수 없는 일이라면, 관두게 할 수밖에 없다.

과거의 그녀를 긍정하면서도, 지금의 그녀를 부정해야만 한다.

"내가 발굴한…… 그 두 사람은, 이런 곳에서 주저앉아서는 안 될 만큼 뛰어난 재능을 지녔단 말이야!"

그래서 나는…….

"……헛소리하지 마! 그 두 사람을 발굴한 건 바로 나야아아아아아~!"

"TAKI 군?!"

……그런 설득을 위한 말들을 생각하고 있었지만…….

방금 그녀가 한 말을, 나는 절대 납득할 수가 없었다.

"『내가 발굴한』 같은 소리 하네! 이 찬탈자! 발굴한 사람도, 이 세상에 알린 사람도 나야! 너는 내 덕분에 알게 된 그 두 사람을 나한테서 납치해 갔을 뿐이잖아!"

"자, 잠깐, 그만해, TAKI……."

"너 따위보다 내가 훨씬 그 두 사람을 소중히 여겼어! 나 같으면 그 두 사람이 이런 상황에 처하게 하지도 않았을 거야!"

"그러니까 너는 쓸모없는 놈인 거야! 그 녀석들을 성장시키지 못한 거라구!"

"뭐어어엇?!"

"아카네! 고등학생 상대로 화내지 마!"

이제 더는 참을 수가 없었다.

우리는 환자에게 삿대질을 해 대고, 그녀는 열 살이나 어린 고등학생을 있는 힘껏 매도했다.

"그 녀석들의 재능을 진정한 의미로 꽃피운 사람은 바로 나야!"

"에리리는 마지막 궁지에서 재능을 꽃피웠어! 우타하 선배는 애초부터 천재였다고!"

"네가 말하는 재능은 레벨이 너무 낮아! 그 녀석들의 잠재력을 제대로 파악하지 못하고 있단 말이야!"

"잘난 듯이 그딴 소리를 지껄이는 너야말로 그 두 사람을 제어하지 못하잖아! 그래서 네가 무리를 하다 쓰러진 거지!"

자기 정당화와 책임 전가로 범벅이 된, 꼴사나운 다툼만을 벌였다.

"지금의 약해 빠진 너한테 내 보물을…… 에리리와 우타하 선배를 맡길 순 없어!"

"너 따위가 뭘 어쩌겠다는 건데?!"

"내가, 내가…… 그 두 사람을……!"

"자, 둘 다 이제 그만해~!"

"으……."

"으……."

나와 코사카 아카네의, 닮은 구석이라고 전혀 없는 우리 둘이 벌인 어린애 수준의 다툼을…….

이 자리에 있는 이들 중 유일하게 분별력 있는 어른인 마치다 씨가, 우리 사이에 몸을 밀어 넣으면서 말렸다.

마치다 씨의 필사적인, 하지만 어이없다는 듯한 표정을 보자, 나와 코사카 씨는 멋쩍은 표정을 지으며 고개를 돌릴 수밖에 없었다.

"상대가 환자인데 함부로 떠들어서 미안해요……."

"흥……."

그래도 제대로 사과를 한 만큼, 내가 좀 더 어른일지도 모른다.

"아냐. 함부로 떠들어 댄 건 나도 마찬가지니까, 딱히 신경 안 써. 하지만……."

마치다 씨는 『아주 약간 어른』인 나에게 다가오더니…….

"……시 양을 가장 먼저 발굴한 사람은 바로 나야. 알겠어? 이 찬탈자 군."

"자, 자자자자, 잘못했습니다~!"

눈곱만큼도 어른스럽지 않은, 날 선 목소리를 쥐어 짜냈다.

제5장

뜬금포 시리어스라는 말은 대체 누가 가장 먼저 쓴 걸까.

『괜찮아? 감기 걸린 거 아냐?』

"아~, 자세한 건 나중에 설명하겠지만 나는 일단 건강해. 완전 멀쩡하다고."

수요일 오후 여덟 시.

내가 전화를 걸자마자 받은 메구미가, 감사하게도 오늘 학교를 결석한 나를 걱정해줬다.

참고로 오늘 메구미한테서 온 LINE은 『감기? 꾀병?』, 『괜찮아?』, 『움직이지 못하겠으면 내가 갈까?』 이렇게 세 통. 그야말로 『걱정이 묻어나면서도, 구질구질하지 않은』 그야말로 적절한 걱정이었다.

『그랬구나. 뭐, 그럼 다행이지만…… 혹시 밤새도록 시나리오 썼어?』

"아~, 그쪽도 일단 괜찮아……. 실은 이번 주 들어서 한 줄도 못 썼거든. 그러니까 안심해."

『……방금 그 말 때문에 더 안심할 수 없게 됐는데, 이건 내 감성에 문제가 있는 건가?』

"아~. 진짜로 괜찮아. 그 정도는 사소한 문제야."

『……방금 그 말 때문에 앞으로 토모야 군이 해줄 이야기를 듣는 게 무서워지기 시작했는데, 그건 내가 겁이 많아서 그런가?』

그건 그렇고, 오늘은 우리가 처음 만났을 때처럼 대화가 절묘하게 맞물리지 않았다.

뭐, 그건 그 당시처럼 서로가 가진 정보, 그리고 서로가 품고 있는 생각의 방향성이 전혀 맞지 않기 때문이리라.

"아~, 뭐, 그게 말이야. 메구미…… 진정하고 들어."

『진정해야 할 사람은 토모야 군이라고 생각하는데 말이야.』

……지금은 그런 식으로 냉정하게 분석할 때가 아니다.

"저기, 메구미. 전에 나한테 무슨 일이 있으면 연락하라고 한 적 있지?"

『뭐, 그런 적 있긴 한데…….』

"그리고 1년 전에 이렇게 말했지? 동료니까 보고하고, 연락하고, 상의하는 게 상식이라고 말이야."

『……저기, 토모야 군.』

"……왜?"

『……혹시 엄청 좋지 않은 일에 대해 나와 상의하려는 거야?』

"아니, 좋지 않은 일이라고 단정 지을 수는 없을걸?!"

『……뭐, 알았어. 얼른 말해봐.』

"저, 저기, 메구미. 아마 이건 메구미의 절친에게 도움이 되는 이야기고, 간접적으로는 메구리, 아니지, 메구미에게 도 도움이 되는……"

『그런 소리는 됐으니까, 아무튼 사실만, 숨김없이, 전부, 있는 그대로 이야기해봐. 그 안에 토모야 군의 감상이나 생 각, 배려 따위는 넣을 필요 없어.』

"……예."

대화가 맞물리지 않는데도, 내 말 속에 숨겨져 있는 위험 한 분위기만은 일찌감치 들켜버린 탓에, 메구미는 어마어마 한 경계심을 품으며 내 이야기에 대비하기 시작했다…….

※　※　※

그리고 10분 후.

『…….』

"……."

나는 담담하게, 사실만, 숨김없이, 전부, 있는 그대로 이 야기했거든?

코사카 아카네가 얼마나 심각한 병에 걸렸는지도, 복귀 여부조차도 확실치 않다.

그 사이, 그녀와 에리리, 우타하 선배가 만드는 게임의 개발이 멈췄고, 완성 자체가 힘들어…… 아니, 『세 사람이 추구하는 형태로의』 완성이 힘들어졌다.

또한 지금까지는 코사카 아카네라는 크리에이터의, 능력과 생각과 위광에 다들 의존해 왔다.

『……』

"저, 저기……."

그리고 이 현상을 어떻게든 타개해야만 한다.

뭐, 코사카 아카네와 마르즈, 마치다 씨, 후시카와 서점을 비롯한, 이 기획에 관여한 각 회사 및 일원은 물론이고…….

무엇보다, 에리리와 우타하 선배를 위해서 말이다.

그래서…… 나는, 어떤 결단을 내렸다는 『사실』도 밝혔다.

『……』

"메구미 양……?"

하지만 역시 메구미는 내가 이야기를 시작하고 3분 정도 흘렀을 즈음부터 맞장구를 치지 않게 되더니, 엄청 무거운 침묵에 잠기며 내 이야기에 귀를 기울였거든?

『……그래서…….』

"으, 응?"

그리고 다시 입을 연 것도, 내가 이야기를 마치고 3분 정도 흘렀을 즈음인 것은 우연인 걸까, 의도한 걸까…….

뭐, 의도한 건지 아닌지는 알 도리가 없어도, 그녀를 중심으로 소용돌이치고 있는 것의 크기가 얼마나 되는지 느끼기에는 충분할 정도의 시간이었지만 말이다.

『토모야 군은…… 내일부터 『필즈 크로니클 X Ⅲ』에 관여하려는 거야?』

"글쎄 지금 전체적인 개발 상황을 살필 사람이 없다고! 코슈 기획의 스태프도 코사카 씨 이외에는 사무와 매니지먼트 관련 멤버뿐이어서, 개발에 대해 아는 사람이 한 명도 없으니까……."

『그래서?』

"히익……."

『토모야 군의 생각 따윈 물어본 적 없어. 사실만 말해주면 돼.』

담담하지만 압력이 어마어마한 어조로 메구미가 나에게 건넨 질문에…….

"응……. 참가할 생각이야."

나는 겁먹으면서도, 메구미가 원치 않을 대답을 입에 담았다.

『누가 부탁한 거야? 누구한테 부탁 받은 건데?』

"……지금까지 이 이야기를 한 사람 전원이 반대했어."

『그럴 만도 해……. 토모야 군은 아직 고등학생이잖아?』

"응……."

『지금까지 상업 쪽 일은 해본 적 없지? 아르바이트로도 관여해본 적 없지?』

"뭐, 그렇지."

『디렉터와 프로듀서로서도, 아직 동인 게임 하나 만들어 봤을 뿐인 데다, 그 게임도 기한 안에 완성하지 못했지?』

"저기, 그 일은 용서해준 거 맞지? 그리고 다시는 언급하지 않겠다고 약속했었지?!"

내 상상대로, 한번 입을 연 메구미는 마음속에 담아 뒀던 거무튀튀하고 묵직한 것들을 토해 냈다.

하지만…….

"……아무도 내가 이러기를 원치 않는다는 건 알아."

나는 이 탁류에서 벗어나려고 하지도, 피하려고 하지도 않았다. 그저 온몸으로 받아 냈다.

"하지만 누군가가 코사카 씨를 대신해야만 해……."

탁류에 휘말렸는데도, 나는 그 자리에 서서 계속 견뎠다.

"마치다 씨와, 내가…… 해야만 해."

이 마음은 변하지 않을 거라는 걸, 증명하려 했다.

『…….』

"……."

그리고 메구미의 침묵과, 그 침묵의 의미를 헤아리려 하는 나의 인내심 대결은 계속되었고…….

또 3분이 지난 후, 메구미는 탁류의 바닥에 남아 있던 진흙을 토해 냈다.

『1년 전에 약속했지? 동료니까 보고하고, 연락하고, 상의하라고 말이야…….』

"아니, 그러니까……."

그 말은 내가 10분 전에 한 말과 똑같았지만…….

『하지만 상의를 하는 건 아니지? 보고와 연락만 하는 거지?』

"으……."

하지만 그 말 안에 숨겨져 있던 내 기만을, 그녀는 들춰냈다.

『……일단 전화 끊고 잠시 생각 좀 해볼래.』

"응……."

『생각이 정리되면 다시 전화할게.』

"알았어. 전화 기다리고 있을게."

내가 말을 끝까지 잇기도 전에, 귀에 댄 스마트폰에서 통화 종료 후의 전자음이 흘러나왔다.

"……휴우."

방을 가득 채운 묵직한 공기를 떨쳐 내려는 것처럼, 나는 크게 한숨을 내쉬며 침대에 드러누웠다.

뭐, 쉽지는 않을 거라고는 생각했지만, 메구미가 내 예상대로의 반응을 보이자 마음속에서 여러 가지 감정이 맴돌았다.

둘 사이에 흐르는, 그…… 분위기라는 것은 겨우 일주일 전에 급격하게 변화했다.

그것은 물론 나도, 그리고 『(히로인 시나리오적으로) 「전
(轉) 같다』고 속삭였던 메구미도 상상조차 못했던 것이다.

그리고 물론, 그건 좋은 방향이 아니라…….

"……어? 벌써?"

내가 후회와 회상을 섞으면서, 꺾이지 않을 결의 같은 것
을 독백 느낌으로 구구절절하게 늘어놓으려던 순간, 스마트
폰에서 벨소리가 흘러나왔다.

하지만 「잠시 생각 좀 해보겠다」고 말하며 전화를 끊고 아
직 30초도 지나지 않았는데…….

"메구미?"

『그런데, 얼마나 걸려?』

"……뭐?"

당황했지만, 메구미가 내린 결론이나 생각을 듣고 싶은
마음에 부리나케 전화를 받은 내 귀에 가장 먼저 흘러들어
온 것은…….

『그러니까, 으음~, 언제까지야?』

"……뭐가 말이야?"

예상대로 메구미의 목소리와, 미묘하게 요령 없는 질문이
었다.

『정말이지, 뭐긴 뭐야. 저쪽 게임의 마감, 토모야 군의 구

속 시간 말이야!』

"아…… 그거 말이구나."

메구미의 어조에서는 『왜 그런 것도 모르는 걸까』 같은 미묘한 비난이 느껴졌지만, 「그렇게 주어를 생략한 상태에서 백 점 만점짜리 정답을 찾아낼 자신은 없고, 만약 대충 대답했다가 틀리기라도 하면 더 화를 낼 테니까……」 같은 변명은 꽤 정당성이 있다고 생각하는데 말이다.

"으음……. 코사카 씨가 제시한 한도가 10월 셋째 주니까……."

『한 달, 이나……?』

"『약』한 달이야, 『약』."

그래도 마음속으로 이런 변명이나 늘어놓고 있다는 걸 전혀 드러내지 않으며, 나는 사실만을 딱 잘라, 엄밀하게, 메구미에게 전했다. 약이라고, 약.

『그랬다간, 우리 게임을 완성 못 할 거야…….』

하지만 그 엄밀함은 너무 미묘해서 메구미에게 전해지지 않은 것 같았다.

『그렇게 오랫동안 토모야 군이 우리 쪽 작업을 못한다면, 이번에도 기한 안에 게임을 완성 못 할 거라구…….』

"그렇지 않아. 반드시 완성시킬 거야."

『어떻게……?』

"저쪽 일에만 계속 매달려야 하는 것도 아니니까, 병행해서 시나리오를 최대한 쓰면 돼."

『하지만 디렉션은?』

"이오리한테 맡기겠어. 애초에 나는 시나리오에 집중하기로 되어 있었으니까, 어찌 보면 당초의 예정대로⋯⋯."

『그럼 이즈미 양의 오빠에게는 이미 허락을 받았어? 나와 상의하기 전에, 이미 결정해 뒀던 거야⋯⋯?』

"그럴 리가. 아직 안 했어. 우선 메구미에게 허락을 받은 후에⋯⋯."

『아무한테도 허락을 받지 못했는데, 멋대로 정해버린 거야⋯⋯?』

⋯⋯메구미의 논리를 듣고「그럼 누구한테 먼저 허락을 받았어야 하는데?!」,「이런 상황에서도 하시마 이오리라는 이름은 절대 입에 담지 않는구나」같은 말이 하고 싶어졌지만⋯⋯.

"아, 으음⋯⋯, 잘못했습니다."

하지만 그런 태클은 도둑 심보나 별반 차이가 없기에, 그냥 순순히 혼나는 수밖에 없었다.

『⋯⋯아무튼 모르던 걸 알았으니까 다시 끊을게. 다시 생각 좀 해보게.』

"아⋯⋯."

그런 식으로 순순히 혼나고 있자⋯⋯.

메구미는 듣고 싶었던 이야기를 듣고, 하고 싶었던 말을 한 후, 또 장시간의 고민에 들어갔다.

"휴우우우우~."

그리고 이 방에서 피가 말리는 기분을 맛보는 중인 나는 허무함에 사로잡힌 채 한숨을 내쉬었다.

방 안의 무거운 분위기를 날려버릴 좋은 방법을 생각해 봤자 부질없는 짓이라는 듯이, 고개를 푹 숙인 나는 바닥에 주저앉은 채 침대에 기댔다.

예상대로라 여겼던 메구미의 리액션은 시간이 갈수록 예상을 살금살금 능가하더니, 부정적인 방향으로 나아갔다.

그에 맞춰 나의 굳건했던 결의 또한 약한 마음이라는 벌레에게 야금야금 좀먹었다.

……지금이라면 아직 돌이킬 수 있지 않을까.

메구미에게 「미안해! 전부 없었던 일로 해줘!」 하고 말하며 무릎 꿇고 애원하면, 하게 해……주는 게 아니라, 용서해줄까.

하지만, 그랬다간 나는…….

내가 숭배하는, 나의 ―인, 사람들은…….

"어어어어어~?!"

내가 그런 식으로 초조함과 체념에 대해 이야기하며, 꺾여버릴 듯한 마음과 거기에 저항하는 마음의 대립에 대해 구구절절하게 이야기히지고 생각하고 있을 때, 또 스마드폰에서 벨소리가 흘러나왔다. 통화를 끊고 30초도 흐르지 않았는데 말이다.

"이번에는 또 뭐야?!"

『어떻게 되는 거야?』

"대체 뭐가?!"

태클을 걸면서 내가 전화를 받자, 이번에도 미묘한, 아니, 이번에야말로 무슨 질문인지 감도 오지 않는 질문이 날아왔다. 이 정도면 질문이 아니라 수수께끼나 다름없었다.

"그러니까, 토모야 군이 그쪽을 돕지 않으면 어떻게 되는 거야?』

"뭐……?"

『그쪽에서 만드는 게임이 안 나오는 거야? 에리리와 카스미가오카 선배의 노력이 전부 헛수고가 되는 거야?』

아무래도 자신의 생각을 정리하기 위해 알아야만 하는 사항이 있는 것 같았다.

그런데 아까부터 생각을 정리한다면서 전혀 안 하는 것 같은데?

생각나는 대로 떠들어 대기만 하는 것 같잖아.

"……헛수고는 안 돼."

……하지만 마음속의 생각을 그대로 말할 수는 없기에, 나는 최대한 진지한 말투로 대답했다.

"우타하 선배의 시나리오도, 에리리의 그림도, 전부 수록 돼. 마르즈는 대형 메이커야. 그런 걱정은 할 필요 없어."

『게임은…… 완성되는 거지? 발매일에, 나오는 거지?』

"응. 솔직히 말해, 마르즈에게 전부 맡겨 두는 편이 납기 면에서는 나을 거야."

그렇다. 『필즈 크로니클ⅩⅢ』은 분명 올해 안에 발매된 다……. 우리가, 코사카 아카네의 뜻에 따라 『트집』만 잡지 않는다면 말이다.

『……작품이 재미있을까?』

"아마…… 객관적으로 봐도, 수작 이상의 평은 충분히 받을 거라고 생각해."

그리고 그런 사정을 모르는 유저는 필즈 시리즈 최신작을 마음껏 즐길 것이다.

중간까지라고는 해도 코사카 아카네가 진짜로 자신의 수명을 갉아먹어 가면서 만든 세계에, 신진기예 작가 카스미 우타코의 시나리오, 곧 대세가 될 일러스트레이터 카시와기 에리의 그림, 그리고 업계 최고참인 마르즈의 안정적인 시스템이 더해진 것이다.

코사카 씨가 준 100페이지 가량의 기획서를 다시 읽고, 그 후에 만들어진 사전 사이즈의 설정집을 읽어봤지만, 소름이 돋을 정도로 정말 엄청났다.

그리고 현재까지 만들어진 게임의 β판을 플레이해보니,

지금 단계에서도 지금까지이 필즈 시리즈에 버금갈 만큼 재미있다는 생각이 들었다.

『그럼…… 토모야 군이 돕지 않더라도, 아무 문제 없지 않아?』

그렇다. 『거의』 문제가 없다.

분명 유저들은 연말 판매량 전쟁을 화려하게 꾸며줄 신작에 찬사를 보낼 것이다.

하지만…….

"그럴 리가, 있겠어……."

그 작품에 찬사를 보낸 사람들은 『코사카 아카네가 정말 만들고 싶었던』 필즈 크로니클에 대해 평생 알지 못한 채 죽을 것이다…….

"이제 10퍼센트 남았어……. 『진정한 완성』까지 겨우, 겨우 10퍼센트 남았단 말이야!"

『90퍼센트는 완성됐으니까…….』

"그 마지막 10퍼센트에, 코사카 아카네의 마음이 몇 퍼센트나 들어 있을 거라고 생각해? 이 작품의 본질이 얼마나 포함되어 있을 것 같아?!"

『…….』

마지막, 마지막, 그 10퍼센트의 고집이, 열의가…….

그것이야말로, 코사카 아카네의 작품들이 압도적인 퀄리티를 지니는 진정한 이유라는 생각이 들었다…….

"수작은 무슨…….

그 기획서를 보면…….

카스미 우타코의 최종 플롯을, 카시와기 에리의 이벤트 선화를 보게 된다면…….

"그 누구라도, 이거야말로 갓겜이라 불릴 작품이라 생각할 거야…….

이 작품이 전설이 안 된다니, 납득할 수 없다.

카스미 우타코와, 카시와기 에리가, 인기를 얻지 못한다니, 용납할 수 없다.

"갓겜이란 건…… 의도적으로 만들 수 있는 게 아냐."

제작진 전원이 엄청난 능력을 가지고 있고, 제작진 전원이 죽을힘을 다해 게임을 만든다고 해서, 전설에 남을 게임이 완성되지는 않는다는 것은 역사가 증명해준다.

호화 스태프, 유명 메이커, 윤택한 자금과 제작 기간, 그 모든 것이 주어졌는데도 망작이 만들어진 예는 이루 셀 수 없을 만큼 많다.

그래도 그들은 뜨거운 열의를 품고 기획을 세웠으며, 유명한 멤버들을 모아서, 새로운 갓겜을 추구했다.

"하지만, 그렇다고 의도하지 않고 만들 수 있는 것도 아니지. 조금이라도 타협을 해버리면 절대 만들어지지 않아."

왜냐면…… 그래서는 갓겜을 만들 수가 없기 때문이다.

누군가의 능력이 별 볼 일 없거나, 누군가가 포기하거나, 모든 조건이 갖춰지지 않았을 때, 전설이 된 작품이 만들어진 적은 단 한 번도 없다.

"그러니 크리에이터는 가능성이 있다면 최선을 다해 갓겜을 노려야만 해."

만들지 못할지도 모른다. 아니, 대부분의 경우 만들지 못한다. 그래도 갓겜이라는 전설을 만들기 위해, 나아가는 것이다.

"『필즈 크로니클XⅢ』에는 갓겜이 될 가능성이 있어……. 그렇다면 끝까지 포기해선 안 된다고……."

내가 입을 다물자, 우리 두 사람은 전파를 통해 침묵만을 공유했다.

나는 자신의 생각이 메구미에게 전해졌는지 알고 싶어서, 상대의 반응을 하염없이 기다렸다.

그리고 메구미는, 나의 억지에 가까운 생각을 아마 머리와 마음으로 소화하려 했고…….

『그럼, 그럼 말이야…….』

"응……?"

『우리의 게임이, 갓겜이 될, 가능성은, 포기한, 거야?』

"아……."

그리고 소화하지 못한 나머지, 다시 넘쳐 나왔다.

……아주 약간의 흐느낌이 어린 목소리와 함께…….

『토모야 군은 게임을 만들고 있지? 최선을 다해 갓겜을 만들겠다고 했지?』

"그래. ……나는 언제나, 최강의……."

『하지만, 남의 작품 제작을 돕는다는 건, 자기 서클에서 만드는 게임에는 최선을 다하지 않는다는 거지?』

시간을 들여, 천천히, 생각을 정리할 생각이었는데…….

메구미는 나와 이야기를 나누던 와중에, 정리하지 못한 감정을, 천천히, 퍼뜨려 나갔다.

"하지만, 하지만……『필즈 크로니클XⅢ』은, 에리리와 우타하 선배에게 있어, 최고의 기회이자, 영광스러운 결과물……."

『하지만 우리의 게임은, 우리에게 있어서, 기회지……?』

"메구미……."

『1년 동안, 열심히 만든 끝에, 도달한, 영광스러운 결과물이지……?』

폭발하지 않은 탓에, 단숨에 퍼져 나가지 못한, 그 감정은…….

『난 모르겠어, 토모야 군…… 나, 정말 모르겠어.』

내 말로는 막을 수가 없기에, 고통을 느낄 여유마저 안겨

주며, 스멀스멀 퍼져 나겠나.

『자기가 만드는 동인 게임보다, 남이 만드는 빅 타이틀이 더 중요한 거야? 난, 그게, 그게 정말 이해가 안 돼…….』

그래서 나는, 심장이 옥죄는 듯한 가슴의 고통으로부터…….

3차원의 고통으로부터 벗어나기 위해, 2차원으로 도망치려 했다.

"양쪽 다 소중해……. 양쪽 다, 포기하고 싶지 않아……."

왜냐면, 그것이 바로 우리가 만들려 하는 미소녀 게임에 근거한 사고방식이다.

모든 히로인이 매력적이라, 한 명만 고를 수가 없고, 그렇기 때문에 누구라도 고를 수 있으며, 누구와도 행복해질 수 있다.

그런 작품을, 그런 2차원을, 나는 만들려 했었다.

『저기, 토모야 군…… 난, 어떻게 하면 좋을까?』

하지만, 지금 메구미는…….

『불합리한 이유로 화내고, 탓하고, 울어서…… 토모야 군을 현실에서 난처하게 만들면 될까?』

이런 구제할 길 없는 2차원 오타쿠에게, 지금까지 끈기를 가지고 어울려준, 실은 3차원에 속한, 평범한 여자애는…….

『아니면, 평소처럼, 다 이해한다는 듯이 「다녀와, 힘내……

그리고, 꼭 돌아와」 하고 웃으면서 보내주는 편이 나을까?』

　결국 자신이 돌아가야 할 곳으로 돌아가고 말았다.

　현실. 인간다운, 아주 조금, 리얼한 여자애 포지션으로 말이다.

　『으…… 으, 흐흑…….』

　"메구미……."

　『으…… 흑, 미안, 미안……해.』

　내가, 여자애를, 울렸다.

　순수한, 슬픔을 안겨줘서, 울렸다.

　에리리 이외의, 여자애를, 울렸다.

　이럴 가능성이 가장 낮다고 생각했던 여자애를, 울렸다.

　"아냐. ……전부 내가 잘못했어."

　『흑, 그, 그렇지만…… 그래도, 미안해…….』

　그렇게 말한 카노 메구리는, 아니, 카토 메구미는…….

　2차원 히로인을 목표로 삼았던…… 아니, 남에 의해 억지로 목표로 삼아야 했던 3차원 여자애는…….

　『미안해, 토모야 군…….

　나는, 역시, 네, 메인 히로인이, 될 수 없어.』

　필요 없었던 이 『전(轉)』 이벤트에 의해…….

　메인 히로인답게, 단숨에 공략 난이도가 올라갔다.

제6장

아~, 여기는 GS 3에서 꼭 보완해야겠네~.

목요일, 오전 열 시를 약간 지났을 즈음…….

……학교 결석 2일 차.

"그럼 TAKI 군. 다시 한 번 복습해보자."

"알겠어요."

신오사카로 이어지는 토카이도 신칸센이 신요코하마를 지나, 한 시간 이상 걸려 나고야 역에 도착했다. 그리고 손님들의 승하차가 끝났을 즈음, 옆자리에 앉은 마치다 씨가 나를 쳐다보면서 진지한 표정을 지었다.

"오사카 본사에 도착하고 상대방 쪽 담당자가 나오면 우선 명함을 교환 하는 거야."

"안녕하십니까. 저는 코슈 기획의 아키라고 합니다. 으음……."

"명함은 양손으로 쥐어. 그리고 상대가 자기 명함을 볼 수 있도록 거꾸로 들고 내미는 거야."

"아, 그렇구나…… 이해했어요."

이 신칸센 여행의 목적은 바로 마르즈 오사카 본사에 가서 『필즈 크로니클ⅩⅢ』 개발 스태프와 회의를 하는 것이다.

코사카 아카네가 쓰러진 바람에 한동안 중단되었던, 마르즈의 게임 제작 팀과 코사카 아카네의 이벤트 제작 팀의 정보 교환회, 그리고 합의에 도달하지 못했던 개발 최종 스케줄 조정 회의를 위해서다.

……이것이 바로 어제 내가 결심했던, 코사카 아카네를 대신해 카시와기 에리와 카스미 우타코를 지키기 위한, 최초이자 최대의 미션이다.

어제, 명함과 정장을 서둘러 준비하고(물론 코슈 기획 명의로 영수증을 끊었다), 마치다 씨와 간략하게 사전 회의를 했다.

하지만 이쪽은 (게임 개발은 둘째 치고) 사회인 첫날(그것도 위조)이기에, 회의 세 시간 전인데도 인사 같은 기본적인 시뮬레이션을 하느라 여념이 없었다.

……뭐, 코사카 씨한테서는 「게임 업계의 인간들은 하나같이 사회인 실격인 녀석들뿐이니까 그런 걸 신경 쓸 필요 없다」는 조언을 들었다.

그래도 상대에게 좋은 인상을 줘서 나쁠 것은 없기에(반대 경우는 셀 수도 없을 만큼 많다), 나는 사회인 아키 토모야라는 캐릭터를 만드는 데 힘쓰고 있었다.

"TAKI 군…… 아니, 아키 씨. 당신은 뭘 담당하고 있죠?"

"주로 저희 쪽 스태프…… 카시와기 에리와 카스미 우타코의 매니지먼트를 담당하고 있습니다."

"「지금까지 당신의 이름을 한 번도 들어보지 못했습니다만?」이라는 말을 들으면 어떻게 할 거야?"

"저는 기본적으로 후방 보조를 담당하는지라…… 대외적인 일은 코사카 씨가 전부 담당하는 게 저희 회사의 방침입니다. 하지만 이번은 예외적인 상황인지라……."

"그 타이밍에 안경을 고쳐 낄 필요는 없어."

"……아, 오래간만에 안경을 꼈더니 익숙하지 않아서요."

그리고 어른의 계단을 오를 변장 아이템은 정장만이 아니다. 얇은 은테 안경과 올백 머리로 내 동안(서른 줄 두 여성의 의견)을 2중, 3중으로 숨겼다.

……참고로 이 변장을 제안했던 두 사람은 나를 보더니 배를 잡고 깔깔 웃어 댔다. 환자가 너무 웃다가 발작을 일으키는 건 아닐지 걱정 될 정도였다. 아무튼, 그런 말로 형용할 수 없는 감정을 맛봤다는 것을 이 자리를 빌려 밝혀 두고자 한다.

"꽤 젊군요. 나이는 어떻게 되죠?"

"스무 살입니다. 하지만 제 나이는 신경 쓰지 마시길. 저는 이번에 입원 중인 코사카 씨에게서 전권을 위임받았습니디. 여기 위임장이 있으니 확인해 보시죠."

"흐음…… 뭐, 이 정도면 괜찮을 것 같네."

마치다 씨도 나의 이 귀축 안경……이 아니라, 가짜 사회인다운 모습을 보더니, 일단 합격점을 준 것 같았다.

참고로 방금 그 대답은 얼른 본론에 들어가게 해서 나이 문제를 피하면서, 동시에 나이를 속일 수 있는 고등 전술이니, 여러분도 익혀 두기를 권한다. 뭐, 써먹을 일은 없겠지만 말이다.

"그럼 다음부터 드디어 본론이야."

"예."

"나는 이번 회의에 입회인으로서 참가하는 거야. ……즉, 아카네의 대리인인 네가 회의를 이끌어 나가야만 해."

"그, 그렇겠죠……."

마치다 씨가 후시카와 서점의 사원이라는 점은 마르즈도 분명 알고 있을 것이다.

그런 후시카와 서점은 『필즈 크로니클XⅢ』이라는 게임 자체의 개발에는 관여하고 있지 않다. 게임에서 파생되는 미디어 믹스…… 노벨라이즈 및 코미컬라이즈의 출판 계약을 맺었을 뿐이다.

즉, 마치다 씨가 게임의 내용이나 개발 스케줄에 참견하는 것은 권리 면으로 볼 때 용인되지 않는다.

……그게 용인되는 것은 주식회사 코슈 기획의 정사원(임시)인 나뿐인 것이다.

"다시 한 번 확인하겠는데, 우리의 승리 조건은 뭐지?"

"으음…… 우리 쪽 마감을 3주 연기시키는 거예요."

그렇다. 그것이야말로 내가 해내야 하는 일 중에서 가장 어려운 것이리라. 아니, 그게 전부라고 해도 과언이 아니다.

사회인으로서 갖춰야 할 교섭력만이 아니라, 코사카 아카네의 대리인에게 요구되는 매우 특수한 교섭력을 발휘해서 『필즈 크로니클XⅢ』을 갓겜으로 만들 최후의 기회를 손에 넣어야 한다.

어이, 그건 무리 아니냐.

"그렇기는 해도…… 어디까지나 그건 최종 목표야. 이번에 그 목표를 달성할 수 있을 거라는 과도한 기대는 하지 않는 편이 좋아. 너는 아카네가 아니잖아."

"아니, 뭐, 그건 그렇지만……."

……뭐, 무리라는 걸 자각하고 있지만, 남에게 그 점을 지적당하니 주눅이 들었다.

"그러니 너는 오늘, 네가 쟁취할 수 있는 가장 큰 성과를 목표로 삼을 수밖에 없어……. 마르즈가 고개를 끄덕이고, 아카네가 광분하지 않을 정도의 성과를 말이야."

"아, 예……."

그리고 마치다 씨가 방금 한 말이 진리에 가깝다는 것은 알고 있지만, 그때도 왠지 아군을 납득시키는 게 더 어려울 것 같다는 투의 발언은 삼가줬으면 좋겠다.

"그럼…… 오늘, 우리의 승리 조건은 뭐지?"

"으음, 힌트만이라도……."

"뭐? 그걸 내가 어떻게 알아."

"예……?"

아까부터 조언을 아끼지 않던 마치다 씨는…….

내가 가장 알고 싶은 의문에 대한 답은 주지 않았다.

"나는 애초부터 이 회의를 개최하는 것 자체에 반대했어. 마르즈의 조치가 타당하다고도 말했지. ……안 그래?"

"그, 그렇기는 하지만……."

"이번 일에 의욕적이었던 사람은 너와 아카네었어. ……하다못해 어제 아카네와 작전을 짜 두는 편이 좋았을 거야. ……뭐, 걔는 지금 환자니까 내가 말렸겠지만."

"잠깐만요. 그럼 저 지금 고립무원 상태예요?!"

"맞아. 그걸 이제 알았어?"

"마치다 씨이이이이잇?!"

순식간에 나를 불안과 고독과 절망의 구렁텅이에 빠뜨린 마치다 씨는…….

"하아, 그렇게 한심한 표정 짓지 마……."

곧 부드러운 표정을 지으며 내 어깨를 가볍게 두드렸다.

"지킬 거지? 시 양과, 카시와기 에리 양을 말이야."

"그건······."

"아마 바로 그 신념이야말로, 너의 가장 믿음직한 아군이 되어줄 거야."

"아······."

"그리고, 그 신념이 최선의 선택지를 너한테 알려주겠지."

뭐, 내가 짊어진 물리적인 부담이 줄어든 것은 아니지만 말이다.

"아카네도, 나도 생각 못한······ 마르즈도, 아카네도, 시 양도, 카시와기 에리도 납득할 최적의 절충안을 찾는 거야."

그래도, 심리적인 부담은 아주 조금이지만······.

※　※　※

어느새, 고속 열차는 나고야에서 출발했다.

그리고 어느새, 마치다 씨는 리허설이 끝났다는 듯이 등받이를 젖히며 잠들었다.

······뭐, 그것 또한 그녀 나름의 자상함과 엄격함이 절묘하게 섞여 있는 배려가 틀림없다.

때로 눈을 희미하게 뜨며 나를 힐끔힐끔 쳐다보는 게 훤히 느껴졌다.

앞으로 두 시간 후면 회의가 시작된다.

나는 그 짧은 시간 동안 『내가 생각하는』 승리 조건을 찾아내야 한다.

그리고 오늘 싸움…… 회의에서, 그 조건을 쟁취해야만 하는 것이다.

곧, 나의, 상업에서의 데뷔전이 시작된다.

……뭐, 전혀 상상도 못한 형태로 말이다.

※　※　※

"저기, 마치다 씨? 이게 대체 어떻게 된 거죠……?"

"아, 아, 시 양. 그게 말이지~. ……으음~."

"왜, 왜…… 토모야가, 여기 있어……?"

"아, 그게…… 이야기하자면 길어지는데……."

그리고 목요일, 오후 열 시.

장소는 후시카와 서점 빌딩 제2회의실…… 즉, 오사카가 아니라 도쿄.

오전 열 시에 신오사카행 신칸센을 탄 후로 열두 시간이 흘렀다.

오후 한 시부터 마르스 측과의 회의를 시작했고, 다섯 시에 끝날 예정이었는데 대폭 늦어졌다. 그리고 일곱 시 신칸센을 타고 헐레벌떡 도쿄로 돌아와서 한숨 돌리지도 못하고 또 하나의 회의에 바로 참가하려 하는 나는 꽤나 대단하다고 생각한다. 마치다 씨도 마찬가지지만 말이다.

또한, 오사카에서 있었던 일들의 묘사를 전부 생략한 것은 일정 문제로 로케이션 헌팅을 하지 못했다거나, 오사카를 성지로 만드는 데 거부감을 느꼈기 때문이 아니다. 이유를 모르는 분들은 그냥 조용히 넘어가줬으면 한다.

"아, 아무튼 설명이 길어질 테니 그 점에 대해서는 나중에 설명할게. 아무튼, 오늘 우타하 선배와 에리리에게 와달라고 한 건 다름이 아니라, 『필즈 크로니클ⅩⅢ』의 앞으로의 개발 계획에 관한 정보를 공유……."

"윤리 군, 그딴 건 나중에 설명해도 되니까, 얼른 우리가 궁금해하는 점부터 설명해줄래?"

"예……."

아니, 뭐, 아무튼, 『개발 일정이 빡빡하니 사소한 일은 그냥 넘어가고 빨리 회의나 하자』는 내 심오한 모략은 그대로 박살이 난 결과…….

나는 눈앞에 고오오오오한 우타하 선배의 시선과, 어버버버한 에리리의 시선을 받으면서, 설명에 책임을 다할 수밖에 없는 사태에 직면했다.

※　※　※

"그렇게 되어서, 나는 오늘부터, 아니, 나, 아키 토모야는,

주식회사 코슈 기획의 임시 사원으로서, 코사카 아카네 선생님의 대리인으로 임명…… 아, 명함입니다. 앞으로도 많은 지도 편달을……."

"……."

"……."

그리고 지금은 나 이외의 다른 누군가의 심오한 모략에^{저자}
의해, 지금까지의 경위를 전부 밝히게 되었다. 그 덕분에 에리리와 우타하 선배는 어이없다는 듯이 입을 쩍 벌린 채, 반사적으로 건네받은 내 명함을 멍하니 쳐다보고 있었다.

……아, 참고로 은테 안경과 올백 머리 모드를 해제했으니 그런 방면에 대한 리액션은 기대하지 말아줬으면 한다.

"나는 말렸어. 하지만 TAKI 군이…… 아카네를 꼭 돕고 싶다지 뭐야."

"으……."

"으……."

"자, 잠깐만요! 자의적인 정보 조작 좀 하지 말아줄래요?! 메인은 이 두 사람이라고요!"

내가 한바탕 난리가 날 게 뻔한 내용의 설명을 하자, 마치 다 씨는 여전히 무책임하기 그지없는 변호로 상황을 원만하게 무마시키려 했다. 역효과만 날 거라는 걸 뻔히 알면서 말이다.

"그러니까, 현재『필즈 크로니클XⅢ』이 엄청난 위기에 처했다는 게 다시 한 번 확실해졌다는 거야."

"……"

"……"

그리고 내가 오늘 회의를 통해 파악한 현황을 보고하자, 우타하 선배와 에리리는 당혹스러운 표정을 지으며 서로를 쳐다보았다.

마르즈는 코사카 씨의 추측대로 움직이고 있었다.

코슈 기획 측의 창구 역할인 담당자가 병원에 입원한 걸 기회 삼아…… 아니, 어쩔 수 없이, 현재 제출된 소재만으로 게임을 만들기로 한 것이다.

또한 시나리오 수정, CG 제작, 이벤트 연출 등은『어쩔 수 없이』마르즈가 맡아서『책임지고』게임을 완성시킨다.

그리고 마르즈 측에서 완성시킨 작품에 대해 코슈 기획 측(시나리오 라이터, 원화가 포함)이 감수를 할 필요는 없다…… 아니, 이미 제출된 소재만으로 작품을 만들고 있으니, 수정 지시는 전혀 받아들이지 않는다.

그런 식으로 자신들의 현재 입장을 일방적, 또한 고압적으로 이야기하는 상대방 디렉터 때문에 나는 분노했다. 하지만 지옥에서 해방된 듯한 그의 개운한 표정이 눈에 들어오자, 왠지 마음 한편에서 동정심이 치솟았다.

지금까지, 그 괴물^{코사카 아카네}과 싸우느라…… 엄청 고생했겠지…….

……하지만 지금은 상대방과 교감하고 있을 때가 아니었다.

"그게 무슨 소리야……. 그런 말도 안 되는 소리를 어떻게 받아들여! 안 그래?! 카스미가오카 우타하!"

"그래, 도저히 용인할 수 없는 이야기야, 사와무라 양. 만약 진짜로 상대가 그런 폭거를 저지른다면, 크레디트에서 내 이름을 빼줘야겠어."

"그것만으로는 부족해! 발매 일주일 전에 블로그와 트위터를 통해 내부 정보를 전부 폭로해서 난장판을 만들어주겠어!"

"그래. 그리고 지금까지의 시나리오와 원화를 전부 인터넷에 유출하는 건 어떨까?"

"그거 괜찮네. 혹시 모르니까 진짜로 슈퍼 해커를 고용해서 누가 유출한 건지 모르게만 하면 완벽해."

"이왕 프로를 고용할 거면, 마르스의 서버에서 자료를 빼내는 것도 가능하지 않을까?"

"그럼 추가 소재라면서 바이러스가 들어 있는 데이터를 보내서……."

"너희는 진짜로 이 작품에 먹칠을 할 생각이야? 그리고 그딴 짓을 하면 법적 문제가 벌어질 거라는 걸 알면서 그딴 소릴 하는 거냐고!"

그렇다. 설령 시나리오 라이터가 지나치게 독특한 잔혹 시나리오를 제출했더라도, 원화가가 집요하게 트집을 잡아 댄 바람에 그래픽 팀의 멘탈이 박살 났더라도, 그들이 하려는 짓을 용납할 수는 없다. 서로의 평화를 위해서 말이다.

"아무튼, 이제 알았지? 누군가가 코사카 씨를 대신해 마르즈와 싸워야 한단 말이야!"

"게다가 마르즈뿐만이 아니라, 너희와도 싸울 수 있는 인재여야만 해……. 그래서 TAKI 군이 적임인 거야."

"……."

"……."

내가 그런 식으로 허세를 부리고, 마치다 씨가 절묘하게 엄호 사격을 해주자, 우타하 선배와 에리리는 그제야 폭주를 멈췄다.

"하지만, 토모야……『blessing software』쪽은 어떻게 할 거야?"

"으……."

그리고 내가 방심한 순간에 날아온 전광석화 같은 카운터가, 내 입을 다물게 만들었다.

"응. 사와무라 양의 방금 지적은 정확했어. 설령 윤리 군의 메인 히로인이 이쪽에 있다 할지라도, 네 메인 게임은 분명 저쪽이잖아. 그러니, 네가 이쪽 타이틀에 참가할 이유는 눈곱만큼도 없어."

"카스미가오카 우타하, 그 메인 히로인이 대체 누구야?!"

"이건 명백한 바람이네…… 이번으로 끝이라고 매번 결심하면서도 결국 관두지 못해서 계속 이어 나간 끝에, 그 마음을 속일 수 없게 된 윤리 군은 어느 날, 큰 결심을 하는 거야……. 「할 이야기가 있어. 꼭 해야만 할, 아주 중요한……」."

"바람 아니라고요! 『blessing software』 쪽 작업도 진행할 거예요!"

"……그럼 양다리?"

"야, 양다, 양다양다양다……."

"……평소라면 광속으로 부정하고 싶지만, 게임 개발에 있어서는 양다리가 맞아요."

뻔뻔하다고도 할 수 있는…… 아니, 뻔뻔하기 그지없는 발언을 입에 담자, 우타하 선배는 더욱 엄격한 눈빛으로 나를 쳐다보았다.

"그럼 윤리 군은 자신이 지닌 모든 힘을 자신이 만드는 게임에 쏟아붓는 게 아니라, 둘로 나누겠다는 거야? 자신의 게임을 최선을 다해 만들지는 않겠다는 거지?"

"그, 그건……."

"그래서, 좋은 게임을 만들 수 있을까? 네가 추구하는 『최강의 미소녀 게임』을 정말로 만들 수 있을 거라고 생각해?"

방금까지만 해도 농담을 늘어놓던 사람답지 않은 발언이다.

게다가, 메구미가 울면서 했던 말과 같은 맥락의 발언이라는 점이 정말…… 여전히 방심 못할 상대였다.

하지만…….

"아무튼, 나는 결심했어요. 두 사람의 상업 데뷔를, 화려하게 장식해주기로요. 업계에서도, 세간에서도, 무시하고 넘어가게 두지 않을 거예요!"

"토, 토모야……."

그래도 나는, 뻔뻔한 태도를 취할 수밖에 없다.

"이건, 코사카 아카네를 제외하면 나밖에 할 수 없는 일이에요. ……허세도, 허풍도 아니고, 진짜로 그 누구도 할 수 없는 일이라고요."

"아니, 그렇지 않아……. 마르즈와의 교섭이라면 나도 할 수 있어. 아니, 내가 할 거야."

"자, 잠깐만…… 카스미가오카 우타하?"

그리고 우타하 선배 또한 내 결단을 계속 부정했다.

"싸움이라면 나한테 맡겨……. 내 작품에 흠집을 내려고 한 걸, 후회하게 만들어주겠어. 이 세상에서 나한테 흠집을 내도 되는 사람은 윤리……."

"싸우는 게 목적이 아니라, 긍정적인 해결책을 찾으려는 거예요!"

"카스미가오카 우타하, 너 은근슬쩍 무슨 소리를 하는 거야?!"

그러니 나는 우타하 선배의 입을 다물게 하기 위해(에로 개그 쪽이 아니라), 옆에 있던 종이봉투에서 출장 선물을 꺼냈다.

"그리고 우타하 선배는 그런 짓을 할 시간이 없어요……."

내가 테이블 위에 내던지듯 내려놓은 두꺼운 종이 다발에는 다양한 색깔의 포스트잇이 붙어 있었다.

"이게 뭐야?"

"시나리오 수정 지시예요. 초반부만이니까 내일까지 고쳐 두세요."

"뭐……?!"

그렇다. 이것이야말로, 내가, 상업에서, 처음으로 해낸, 성과물이다.

『내가 꿈꾸는』 승리 조건을 실현하기 위한 첫걸음인 것이다…….

"어머나~ 어머나~, 지적 한번 거하게 당했네~."

"이 이야기에 못 끼어들겠으면 그냥 닥치고 있어, 이 찌꺼기 히로인아!"

"뭐어?!"

……내 최고의 활약상을 엉망진창으로 만드는, 해설 요원 축에도 끼지 못하는 구경꾼^{에리리}에게, 인내심이 바닥난 우타하 선배가 날카로운 일갈을 날렸다.

예전에 내╁미를『에리리의 친구 B 포지션』이라 부른 적이 있지만, 지금의 에리리가『에리리의 친구 B의 친구 E』정도로 취급받는 것 같은 건 왜일까?

이 녀석, 인간으로서의 기본적인 능력이 전부 그림 재능에 빨려 들어간 건 아닐까…….

"나는…… 아니, 코사카 씨 이외의 그 누구도, 그 사람 같은 방식은 쓸 수 없어요."

뭐, 전장 한가운데에 있는데도 그걸 전혀 눈치채지 못하는 녀석은 일단 제쳐 두기로 하고, 나는 포스트잇이 잔뜩 붙어 있는 프린트를 쓰디쓴 표정으로 노려보는 우타하 선배에게, 타이르는 듯한 어조로 말했다.

"그렇게 제멋대로 일을 추진하기 위해서는 아카네처럼 실적과 재능, 그리고 신념과 열정이 있어야만 할 거야."

"하지만 나는 그 사람에게, 신념과 열정으로는 지고 싶지 않아요……. 아니, 진다면 아무것도 할 수가 없어요."

"……그럴지도, 몰라."

마치다 씨가 살짝 친구를 옹호하는 발언을 입에 담았지만, 나는 그저 최선을 다해 저항하기만 했다.

……몇 시간 전, 오사카에서 그랬던 것처럼 말이다.

"확인해줬으면 하는 게 있어요. 우타하 선배, 이 수정 지시는 카스미 우타코에게 있어 전혀 납득이 안 되는 것들인가요?"

"잠깐만 기다려……. 너무 많아서 당장 판단할 수 없어."

마르즈 측이 강경한 자세를 취하자, 나는 코사카 씨에게 버금갈 정도의 신념과 열정을 다해 그들과 싸웠다.

하지만 나는 코사카 씨처럼, 결코 꺾이지 않을 힘으로 적을 박살 내려 하지는 않았다……. 아니, 그러는 것 자체가 불가능하다는 건 일단 제쳐 두겠다.

"이 수정은 『양보』라고 생각해요. 절대로 고쳐선 안 되는 장면을 지키기 위해, 상대방과 『거래』를 한 거죠."

"뭐, 세무서에 주는 『선물』 같은 거야. TAKI 군이 이 부분들을 고치기로 약속해서, 우리가 꼭 지키고 싶은 부분들에 대해서는 양보를 얻어 낸 느낌이지."

그렇다. 나는 그녀가 지니지 못한, 『꺾일 수 있는 힘』을 휘둘렀다.

테이블 위에 종이를 펼쳐 두고, 세 시간에 걸쳐 상대방 디렉터와 이야기를 나눈 내용은 「이쪽에서 뭘 해주면, 그쪽에서는 뭘 해줄 거지?」 같은 느낌의 아슬아슬한 트레이드 교섭이었다.

이제부터 제출되는 소재를 전부 작품에 넣을 수 없다면, 현재까지 제출된 소재와의 우선도를 매긴 후, 우선도가 낮은 것을 뺀 다음, 새롭게 들어온 소재를 위한 공간을 확보

한디.

예를 들어, 전체적으로 볼 때 그다지 눈에 띄지 않는 서브 캐릭터들의 역할과 대사를 통합해서, 서브 캐릭터의 전체 숫자를 줄이는 식으로 수정한다.

아니면 전투 장면의 스테이지 숫자를 줄이기 위해, 같은 장소에서 싸우는 합리적 이유를 캐릭터들이 대사로 설명하도록 수정한다.

아니면, 아직 수록되지 않은 부분의 대사를 하나하나 검증한 후, 중요도가 떨어지는 부분을 조금씩 줄여 나가는 식으로 수정한다…….

"역시, 납득 못해…… 이런 수정은 받아들일 수는 없어."

"어떤 부분 말이에요?"

"……이 양 말이야. 윤리 군, 이 많은 걸 하루 만에 다 하라는 거야?"

"시 양의 문장에 이 정도로 빨간 줄이 그어진 건 『사랑에 빠진 메트로놈』 1권 이후로 처음이네."

"양 말고는요? 내용상 납득이 안 되는 부분이 있어요?"

"……딱히 없어."

"만세에에에엣! 거봐요, 마치다 씨! 우타하 선배의 최종 한 계선은 내가 누구보다 잘 안다고요!"

그렇다. 하지만 그 대신, 상대방이 전부터 난색을 보였던 『아주 약간』 폭주한 느낌의 묘사에 있어서는 한 걸음도 양보하지 않았다.

이야기의 근간과 관련된 부분에 대한 수정 요청은, 목이 부러져라 저어 대며 거부했다.

이야기와 상관이 없더라도, 『카스미 우타코 테이스트』가 묻어나는 묘사는 절대 줄이지 않았다.

『우리가 이만큼이나 양보했으니 너희도 양보해』 이론을 이용해서 말이다.

"으…… 이, 윤리……."

"……어? 아, 아아아아아~!"

"시나리오의 최종 한계선은 알지만, 현실에서 시 양의 뚜껑이 열리는 한계선은 모르나 보네……."

……뭐, 이 노력에 대한 보수가 아이언 클로라는 점에 대해서는 캐릭터적으로 영 납득이 안 되지만 말이다.

타카오 누님이나

"좋았어어어어어~ 그럼, 다음은 에리리 파트야!"

"뭐어?!"

그리고 1분 후…….

우타하 선배의 악력이 바닥난 덕분에 겨우 머리를 자유롭게 움직일 수 있게 된 나는, 방구석에 있던 에리리를 불렀다.

아까부터 방구석에서 우리를 쳐다보며 미묘한 리액션을 보이고 있을 뿐이던 얼간이 금발 트윈 테일은 당사자 의식이 결여된 어벙한 표정을 지으며 이쪽으로 다가왔다. 그리고 보는 이들이 무심코 「안 괴롭혀」하고 말하고 싶어질 듯한 표정을 지으며, 내 얼굴을 머뭇머뭇 쳐다보았다.

"에리리의 원화에는 딱히 수정 지시는 내리지 않을 거야. 남은 그림을 완성해주기만 하면 돼."

"그, 그렇구나. 다행……."

"……하지만, 마감을 일주일 앞당겨줘야겠어."

"뭐어어어어어어~?!"

……그런 표정을 지어도 괴롭힐 거지만 말이다.

"뭐, 하루 두 장 페이스로 완성하면 아슬아슬하게 문제없을 거야! 예전에도 해냈『던 적이 있잖』아!"

"문제가 넘쳐흐르거든?! 일주일이나 마감을 당겨서 뭘 대체 어쩌려는 건데?!"

원래 이번 주 주말까지였던 마감을 2주나 연기시킨 나를 칭찬해줬으면 좋겠는데 말이다. 뭐, 원래 어떤 참상이 벌어지고 있었는지 모를 테니, 저런 반응을 보이는 것도 당연했다.

"그 일주일 동안 이벤트 CG의 최종 조정에 들어갈 거야. 마르즈의 CG 팀도 최선을 다해 주겠지만, 최종적으로 에리리가 퀄리티에 대한 책임을 지는 거지."

"뭐……."

그래도 마감을 늘려줄 생각은 눈곱만큼도 없지만 말이다.

"지금까지도 CG에 불평을 해 댔다면서? 그럼 직접 고쳐. 허가는 받아 뒀어."

"겨우 일주일 만에?!"

"그럼 원화 작업을 일주일 더 당기면, 2주로 늘어날 거야. 그럼 하루에 넉 장씩 그리면 되겠네."

"뭐, 뭐, 뭐뭐뭐뭐……."

방금 그 말은 허풍이지만, 마감을 일주일 앞당기는 것은 상대방에게 우리의 조건을 받아들이게 하기 위한 최소한의 양보였다.

마르즈의 CG 팀은 에리리의 집요한 재작업 요청(을 100퍼센트 지지하는 코사카 아카네) 때문에 이미 피폐해질 대로 피폐해져 있었다.

「지금 체제로는 작업량과 퀄리티에 대한 책임을 질 수 없다」는 우는소리를, 그래픽 팀의 책임자가 직접, 그것도 울먹거리면서 호소한 순간, 내가 느꼈을 기분을 100자 이내로 정리해서 말해줬으면 한다. 가능하면 에리리가 직접.

참고로, 그때는 「앞으로는 카시와기 선생님의 코멘트를 저희 쪽에서 원만하게 수정하겠습니다!」 하고 말하며 그래픽 팀 책임자를 향해 무릎을 꿇으며 사과할 수밖에 없었을 만큼, 안타까운 마음으로 가슴속이 가득했다……가 정답이다.

"윤리 군…… 아무리 그래도 이건 너무 위험 부담이 크지 않을까? 이대로 가다간 사와무라 양은 게임도 완성시키지 못하고, 고등학교도 졸업하지 못해서, 결국 집이 부자인 것

말곤 내세울 세 없는 집안일 도우미라는 이름의 무직녀 코스로 접어들 거야.”

“고등학교는 졸업할 거야! 그래서 기부금을 얼마든지 낼 수 있는 사립에 들어간 거라구!”

마르즈의 상황을 모르는 우타하 선배가 에리리를 도발…… 아니, 옹호하려 했다.

“그건 걱정하지 마요……. 그리고 실은 우타하 선배가 다음 주부터 할 일도 준비했어요.”

“……뭐?”

그러는 우타하 선배도 남을 놀릴…… 아니, 걱정할 때가 아니에요…….

“자, 이건 광고 자료예요. 그리고 이게 사용자 설명서, 이건 애프터 레코딩용 대본이에요.”

나는 종이봉투에서 아까보다 더 두꺼운 종이 다발을 세 개나 꺼내, 텅, 터엉, 터어엉! 하는 소리가 나게 테이블 위에 쌓아 놓았다.

의자에 앉은 채로는 테이블 너머의 상대 얼굴이 보이지 않을 만큼, 그 종이 다발 탑은 높았다.

“……무슨 짓거리야?”

“실은 이게 아직 완성되지 않았거든요……. 그러니까 뒷일을 부탁할게요. 내일 중으로 시나리오 수정을 끝낼 거니까, 모레부터 작업할 수 있죠?”

"······무슨, 짓거리냐고, 물었을 텐데?!"

"아, 미안해요. 설명이 부족했네요. 애프터 레코딩용 대본은 완성되어 있으니까, 이걸 가지고 수록 현장에 가서 감독을 해주세요. 날짜와 장소는 나중에 메일로 알려줄게요."

"······"

참고로 이건 계약 외 업무이니, 원래는 맡지 않아도 된다고나 할까, 맡게 되면 여러모로 문제가 되는 안건이다.

하지만 이렇게 문제의 소지가 있는 일도 대충 넘어가는 게 이 업계의 장점······ 아니, 나쁜 관습이다.

"마르즈도 여러모로 무리한 부탁을 받아줬다고요! 그러니까 부탁이에요! 무리한 부탁인 건 알지만 받아줘요!"

"어때~? TAKI 군이 아니면 안 되는 이유를 알겠지? 편집자인 나는 작가한테 이런 무리를 강요할 수 없거든."

때때로, 이쪽······ 아니, 작가가 어떤 변명을 하든, 기계적으로 마감만 강요하는 편집자도 있다고 들었지만, 마치다 씨는 그런 타입이 아닌 것 같았다.

아니, 뭐, 아무튼······ 이게 내 싸움이자, 내 승리 조건이다.

양보할 수 없는 부분을 절대 양보하지 않기 위해, 양보할 수 있는 부분은 주저 없이 양보한다.

실제로 게임을 만드는 그들의 의욕을 떨어뜨리지 않기 위해, 힘이 아니라 말과 열의로 납득하게 한다.

그런 아슬아슬한 줄타기 같은 조절을 통해『필즈 크로니클ⅩⅢ』을 최적의 상태로 이끈다.

코사카 아카네가 목표로 삼은 최종 형태에,『가능한 한 가까운 형태』로 만드는 것이다.

천재 크리에이터인 코사카 아카네의 의향을 100퍼센트 반영해서, 마르즈가 지옥을 보게 한 끝에 완성한 작품이야말로 진정한 갓겜일지도 모른다.

하지만 나에게는, 아니, 지금의 나에게는 그녀의 경지에 도달한 스킬도, 배짱도 없다.

지금의 나에게 있는 거라고는…… 내 무리한 부탁을 들어주는, 이 세상에 단 둘뿐인 크리에이터에게 억지를 부려서, 그녀들의 어마어마한 노력을 통해 갓겜을 만들어 내는 힘…… 아니, 인맥이랄까, 가족한테만 큰소리치는 가장 같은 성격뿐이다.

"부탁이야…… 에리리, 우타하 선배!"

그러니, 지금은 이렇게 무릎을 꿇고 애원할 수밖에 없다.

"둘이서 함께, 나를 어엿한 남자로 만들어주세요!"

"……."

"……."

"……어라?"

※　※　※

"……으음, 흔쾌히 승낙해줄 줄 알았는데……."

"대체 윤리 군의 뇌는 어떻게 생겨 먹었기에 그렇게 자기한테 유리한 결론만 도출하는 건지 한번 확인해보고 싶네. 아마 장밋빛일 거야."

"TAKI 군의 뇌가 장밋빛이 아니라, 분홍빛이었다면 희망이 있었을지도 몰라."

내 일생일대의 『같이 갓겜을 만들자』 선언 후로 10분이 흘렀다.

결국 회의는 분규만을 초래한 채, 결론이 나지 않으며 종료됐고…….

지금 우리는 한 명 이외에는 전원이 회의실에 남아서 캔 커피를 홀짝이며 반성회를 하고 있었다.

"뭐, 우타하 선배의 저항은 어느 정도 예상했지만, 에리리는 당연히 오케이 해줄 줄 알았다고요."

그렇다. 우타하 선배의 저항은 충분히 예상됐다.

자신이 얼마나 힘든지 호소하고, 내 계획의 무모함을 비난할 것이며, 그러다 뚜껑이 열려서 나에게 달려들 것이다.

하지만, 결국에는 투덜투덜 불평을 늘어놓으면서도 승낙할 것이며, 결국 최선을 다해주는 데까지가 전형적인 그녀…… 같은 소리를 했다간 「내가 그렇게 쉬운 여자 같아?」 라면서 또 달려들 게 뻔하기에 말하지 않겠지만 말이다.

"사와무라 양이 당연히 오케이 해줄 거라니…… 대체 뭘 어떻게 생각했기에 그런 결론에 도달한 건지 모르겠네."

"……그렇게 이상해요?"

그러고 보니 에리리는 평소와 분위기가 좀 다른 것 같았는데…….

그리고 우타하 선배가 슬슬 평소처럼 「어쩔 수 없네」 하고 말할 타이밍에, 「미안하지만 생각할 시간을 줘」 하고 말하면서 돌아가 버렸다.

그뿐만 아니라 내가 「바래다줄까?」 하고 말하자, 「아냐. 택시로 갈 거니까 괜찮아」 하고 말하면서 쓸쓸히 홀로…… 뭐, 집이 가까우니까 같이 간다면 내 주머니 사정에도 도움이 될 텐데 말이다.

"윤리 군. 너, 사와무라 양에게 작년의 전철을 또 밟게 할 생각이야?"

"그건……."

그 『작년의 전철』이라는 말은 나에게 있어 고통스러운 기억을 상기시켰다.

겨울 코믹마켓 때 내놓을 예정『이었던』 우리 서클의 완성 기한이 코앞까지 다가왔던 작년 12월.

당시 『하루 두 장』 페이스로 그림을 그려야 할 만큼 궁지에 몰렸던 에리리는 나스 고원에 있는 별장에 틀어박혀 작업을 이어 나갔고, 자신의 모든 힘을 다 쏟아부어서 『기적의 일곱 장』을 그렸다.

……그리고 건강을 해친 바람에, 기한 안에 게임을 완성하지 못했다.

게다가 이 일을 계기로 슬럼프에 빠지고 말았다.

그리고 슬럼프에 벗어나, 부활한 그녀는 그대로 서클을 관둔 것이다.

"사와무라 양은 자기가 어리광을 부릴 수 있는 환경에 있는 걸 용납하지 못했어. 그래서 윤리 군과 거리를 두기 위해 서클을 관둔 거야."

"좀 더 레벨이 높은 곳에서 도전하기 위해서 그런 거예요. 나도 그러는 편이 좋다고 생각했고요."

"하지만, 또 너와 함께 게임을 만들게 됐어……. 어리광을 부릴 수 있는 장소로, 돌아가게 된 거야."

"이번에는 어리광을 받아주지 않을 거예요. 남의 타이틀을 맡고 있잖아요."

"그런 식으로 마음을 정리할 수 있는 애가 아니라는 건 너도 알잖아?"

캔 밑바닥에 남아 있던 커피는 차갑게 식었다.

얼기에 가려 느껴지지 않던 쓴맛이, 묘하게 혀끝에 남았다.

"그녀는 아직도 안고 있어. 망설임, 응어리, 그리고……."

"나는, 더는 응어리 같은 건 없어요."

「그리고……」의 뒤에 따라오려던 말은 우타하 선배가 차마 입에 담지 못한 것인지, 내가 막은 것인지 알 수 없었다.

"에리리도 1년 전과는 달라졌어요. 실력도, 속도도, 퀄리티도, 당시와는 비교도 되지 않을 만큼 성장했다고요……."

어느새 마치다 씨는 회의실 밖으로 나간 것 같았다.

"그러니까 분명 해낼 수 있을 거예요."

나는 우타하 선배가 입에 담고 있는, 평소와 다르게 장난기가 전혀 섞이지 않은 진지한 말에, 진지하게 대답하기만 했다.

"너는 어때? 그녀와, 나와, 다시 함께 게임을 만들게 되었는데, 아무런 응어리도 느끼지 않아?"

"처음에는 느낄지도 몰라요……."

나는 솔직함과 원망이 어려 있는 쓴웃음을 무심코 흘렸다.

"하지만 이제는 알아요. ……어차피 시작하고 나면, 곧 너무 즐거워서, 가슴이 두근대서…… 푹 빠져버리고 말 거라는 걸요."

하지만 슬며시 올라간 입꼬리가 곧 활짝 벌어지더니, 황홀함으로 가득 찬 미소가 지어졌다.

"그걸로 괜찮겠어……? 서클 쪽은 정말 괜찮은 거야?"

"괜찮을 리 있겠어요? 이쪽 일이 끝나면, 필사적으로 그쪽을 작업할 거예요."

"……카토 양에게는, 이미 이야기했어?"

"예. 가장 먼저요."

아마, 내가 난처해하는 모습을 상상하고 있었던 듯한 우타하 선배는…….

내가 주저 없이 그렇게 대답하자, 이번에는 당혹스러운 표정을 지었다.

"그래서?"

"엄청 화내더라고요. 아직도 용서받지 못했어요."

그러니, 서클에 돌아가는 것도 쉽지 않을 것이며, 앞으로 벌어질 성가신 일에 대해 생각하니, 머리가 터질 것처럼 아팠다.

"하지만 포기하지 않을 거예요. ……이번에야말로, 포기하지 않을, 자신이 있어요."

……하지만 나는, 여전히 미소를 짓고 있었다.

"무슨 수를 써서라도 용서받은 다음, 다시 서클에 돌아가서……."

그런 나의 기묘하면서 우스꽝스러운 표정을…….

"최고의 미소녀 게임을 만들, 자신이 있어요."

우타하 선배는, 안타까운 표정으로, 지그시 바라보고 있었다.

그리고 몇 초 후……

"아아~, 그렇게 된 거구나~."

우타하 선배는 마치 메구미처럼, 멍하면서도 맥 빠진 반응을 보였다.

"토모야 군은…… 결국, 각오를 굳혔구나."

뭐가 그렇게 된 것이며, 무슨 각오를 굳혔다는 건지…….

나는, 우타하 선배가 뭘 눈치챈 것인지 정확하게는 알지 못했다.

그래도, 그녀의 말의 뉘앙스를 통해, 내 생각과 크게 다르지 않다는 것만큼은 눈치챘다.

"그럼, 좋아……. 사와무라 양의 설득은 나한테 맡겨."

"……괜찮겠어요?"

"오늘 밤 안에 어떻게든 해볼게. 아니, 해내고야 말겠어."

"우타하 선배……."

그것은 나를 향한 이해인지, 신뢰인지, 어처구니없음인지, 혹은 그 전부인지는 알 수 없다.

"그러니까, 내일은, 평소처럼……."

"아니, 1년 만의, 팀 재결성이야."

제7장

여자의 독백은 귀엽지만, 남자의 독백은 꼴사납다니깐.

토모야 『저기』

토모야 『방금 A반에 갔었는데 말이야』

토모야 『눈치챘었지?』

토모야 『아니, 네가 무슨 말이 하고 싶은지는 알지만』

토모야 『그래도, 어제 있었던 일들을 보고하고 싶은데…….』

토모야 『방과 후에, 아니, 점심시간이라도 괜찮으니까, 시청각실에 와주지 않을래?』

금요일, 오전 여덟 시 즈음.

오래간만에 온 토요가사키 학원 3학년 F반 교실은 내가 다니던 시절(그래 봤자 사흘 전)과 마찬가지로 시끌벅적했다.

"여어~ 토모야. 오랜만이다! 너 졸업은 할 수 있는 거냐?"

"……출석 일수보다 몸 상태를 먼저 걱정해줘야 진정한 친구가 아닐까? 요시히코."

그리고 오래간만에 온 교실에서 어디 사는 스텔스 히로인처럼 스마트폰을 만지작거리고 있을 때, 상황 설명에 이용하기 딱 좋은 같은 반 친구 카미사토 요시히코가 평소처럼 나에게 말을 걸었다.

"뭐, 네가 이틀 연속으로 학교를 쉰 건 흔한 일이 아니기는 하지. 혹시 독감이라도 걸렸냐?"

"아, 병에 걸린 건…… 아니, 그냥 독감에 걸린 걸로 치자."

"독감에 걸린 걸로…… 치자고?"

"너무 파고들지 마. 괜히 다가왔다가 독감이라도 옮으면 어쩌려고 그래."

복잡한 내부 사정을 설명해 봤자 이 녀석을 기쁘게 해줄 뿐, 딱히 메리트가 없다. 그래서 나는 웃음과 감동, 눈물로 범벅이 된 이 이틀 동안의 기상천외한 모험담을 가슴속에 봉인한 후, 일부러 병약 오타쿠를 연기하기로 했다.

"무슨 소리를 하는 건지는 모르겠지만…… 뭐, 됐어. …… 어라? 그런데 사와무라 양도 요즘 독감으로……."

"그럼 나는 노로 바이러스인 걸로 해 둬."

"……해 두라고?"

모처럼 봉인한 모험담의 등장인물이 나와 같은 병명인 것 때문에 괜한 의심을 사는 것도 좀 그렇기에, 나는 병약 오타쿠에서 3초 만에 회복한 후, 일부러 식중독 오타쿠를 연기하기로 했다.

뭐, 아무튼, 요시히코의 말을 듣고 옆쪽을 쳐다보니, 에리리의 책상은 여전히 비어 있었다.

······뭐, 에리리는 스케줄로 인해 지옥이나 다름없는 상황에 처했으니, 힘차게 등교해서 열심히 수업을 들으면 더 곤란하겠지만 말이다.

그래도 오늘 얼굴을 마주하지 못하니, 여러모로 신경 쓰이는 점이 생겼다.

예를 들자면, 어제 우타하 선배가 약속했던 『오늘 안에 어떻게든 해보겠다』는 어떻게 됐는지······.

"뭐, 좋아. 그런데 토모야······."

그리고 사흘 만에 학교에 와보니, 최대의 미해결 문제가 또 하나 존재했다······.

그것은 바로 『카토 메구미 국교 단절 문제』(7개월 만, 2번째)다.

오늘 아침, 평소보다 15분 정도 일찍 학교에 등교한 나는 내 반인 3학년 F반이 아니라, 3학년 A반 교실로 향했다.

그곳에 내가 찾는 상대가 없다면, 나는 그대로 교문에 가서, 상대가 등교할 때까지 기다렸다가 말을 걸 생각이었다.

하지만 난감하게도, 그녀······ 카토 메구미는 내가 이럴 걸 예상했는지, 평소보다 15분······ 아니, 더 일찍 등교하더니,

일부러 교과서를 펴 놓고 예습을 하고 있었다.

"토모야?"

「찾는 상대가 있으니 다른 사람한테 부탁해서 불러달라고 하면 되잖아.」하고 생각하는 이는 나에 대해서 잘 모르는 사람일 것이다.

평소 나라면 몰라도, 지금의 그녀와 관계가 틀어진 상황에서는, 그런 뻔뻔한 짓은 할 수 없다.

우리의 현재 우호도 파라미터와 폭탄의 크기를 정확하게 파악하고 있지 않다면 불가능할 수준의, 그야말로 베테랑 미소녀 게임 플레이어급의 절묘한 플레이를, 메구미가 펼친 것이다.

메구미, 성장했구나……. 나로선 정말 성가신 방향으로 말이야.

"어이, 토모야!"

"어? 아…… 왜 그래?"

"왜 갑자기 심각한 표정으로 입을 다무는 거야?"

"아, 아무것도 아냐……."

"저기, 혹시 걱정이 있다면 내가 상담……."

"아, 됐어. 그럼, 요시히코. 오래간만에 등장하느라 수고했^{8권 이후로 처음}어. 이제 네 갈 길이나 가.^{12권에서 나올 일 없어}"

이 상황에서 「진짜로 상황이 심각해」 하고 말하면서 솔직하게 고민을 털어놓아 봤자, 이 녀석만 즐거워할 뿐 아무런 메리트도 없다. 그래서 나는 이틀 전에 벌어진 눈물 없이는 못 듣고 위가 쓰릴 정도의 인간 드라마를 가슴에 봉인한 후, 일부러 느긋한 오타쿠를 연기하기로 했다.

"······왠지 방금 네가 나를 엄청 냉담하게 무시한 것 같은 기분이 드는데. 이거 기분 탓 맞지? 그렇지? 절친."

아무래도 내 절친께서는 나의 배려를 전혀 이해하지 못한 것 같았다.

※　※　※

"으음······."

오래간만에 수업을 받은 후, 나는 집으로 향하기 위해 탐정 언덕을 올라가고 있었다.

내일부터는 주말이니 평소 같으면 가벼운 발걸음으로 이 언덕을 올라갔겠지만, 어찌 된 영문인지 지금은 미묘하게 기분이 가라앉아 있었다.

점심시간에도, 방과 후에도, 시청각실에서 30분 정도 기다렸다.

하지만 쇼트 보브 헤어스타일의 교복 소녀는 결국 그 어느 시간대에도 모습을 보이지 않은 데다, 어느새 교실에서도 사라졌다. 오래간만에 메구미의 스텔스 성능이 얼마나 뛰어난지 복격한 것이다. 본인은 목격하지 못했지만 말이다.

그 녀석, 실력이 전혀 녹슬지 않았는걸……. 그게 잘된 일인지는 몰라도.

게다가, 내 앞에 나타나지 않았을 뿐만 아니라, 또 하나의 문제가…….

"아직 안 읽었구나……."

오늘 아침에 보냈던 LINE 메시지 옆에 달린 숫자가 사라지지 않았다.

7권 제3장

저번 냉전 때는 적어도 메일은 읽어줬다.

메시지를 읽지 않아서야 내 변명…… 아니, 사과와 마음이 전해지지 않을 텐데…….

하지만 실제로 이야기를 하게 되더라도, 대체 어떤 마음을 전하면 좋을지는 모르겠지만 말이다.

"다녀왔습니다……."

현관에서, 나를 맞이하는 목소리는 들려오지 않았다.

부모님은 역시 외출 중인 것 같았다.

나는 어둑어둑한 복도의 불을 켜면서 계단을 올라갔고, 방에 들어간 후, 이번에는 선반과 벽을 장식하고 있는 소중한 피규어&
보물들에게 귀가했다는 걸 알렸다.
모스터

"다녀왔어."

"아, 어서 와."

방 안에는 불이 켜져 있었기에 어둠 속에서 스위치를 찾을 필요는 없었다. 그래서 나는 바로 교복을 벗어서 옷걸이에 걸었다.

그리고 셔츠의 단추를 풀고, 허리띠를…….

"잠깐만, 여자 앞에서 느닷없이 옷 벗지 마! 옷 갈아입을 거면 밖에서 갈아입어!"

"아, 미안해……."

평소와 상황이 다른 탓에 실수를 범하고 말았다.

나는 편안한 운동복 상하의와 옷걸이를 들고 복도에 나간 다음, 계단을 내려가서 세면장에 들어간 후, 문을 닫았다.

그리고 벗은 옷을 어디 둘지 고민하다…….

"……어?"

서둘러 운동복으로 갈아입은 후, 교복과 셔츠를 양 허리 춤에 안아 든 다음, 세면장을 나섰다.

그리고 2층으로 이어지는 계단을, 내려올 때와는 달리 무시무시한 기세로 올라갔다.

그리고 그 기세 그대로 방문을 열어젖힌 후…….

"네가 왜 여기 있는 거야아아아앗~?!"

내 책상에 앉아 열심히 일러스트 작업 중인 체육복 차림의 금발 소녀를 향해 그렇게 외쳤다.

참고로 전에도 똑같은 짓을 했다는 건 비밀로 해줬으면 한다.
2권 제2장에서 네 줄 정도 복붙

"어서 와, 토모야."

"에리리……."

그런 내 태클을 개의치 않으며, 나를 향해 「어서 와」라고 말한 이는…….

이전이라면 몰라도, 지금은, 그리고 오늘은, 뜻밖의 인물이었다.

"저기, 토모야. 그렇게 서 있지 말고, 이 러프 스캔한 다음, 티끌을 제거해줘!"

"너, 왜……."

에리리가 마지막으로 이 방에 온 후로 벌써 반년 넘게 지났다.

게다가, 그렇게 우리 사이가 소원해진 데에는 그럴 수밖에 없는 사정이 있었던 것이다…….

"어떡하라고! 하루에 두 장을 혼자서 그리기에는 시간이 부족하단 말이야! 진짜, 그 사기꾼 때문에……."

게다가 에리리는 어제 내가 제안한 강행 공사 계획에 부정적…… 아니, 자신이 없는 듯한 반응을 보였다.

"어쩔 수 없잖아! 그야, 나는, 나는……."

하지만 현재 에리리는 어제의 에리리와는 완전히 딴사람 같았다…….

나의 괜한 걱정과 배려 등을 대부분 「어쩔 수 없잖아!」라는 말로 받아치고 있었다.

"나는 『카시와기 에리』란 말이야!"

그저, 마지막, 그 한마디에 담긴 의미를 알게 되는 건⋯⋯.
아니, 결국, 영원히 깨닫지 못했지만 말이다.

※　※　※

"그래서 내가 말했잖아? 사와무라 양의 설득은 나한테 맡기라고 말이야."
"⋯⋯우타하 선배, 대체 무슨 마법을 쓴 거예요?
　그리고 한 시간 후⋯⋯.
　마치 짠 것처럼⋯⋯ 아니, 에리리와 짠 게 분명한 우타하 선배도 내 방에 나타났다.
　익숙한 손놀림으로 테이블에 노트북 컴퓨터와 자료를 펼쳐 놓더니, 자신의 작업 환경을 구축했다.
"그럼 다 모였으니까 시작해볼까?"
"뭐, 뭘요?"
"뭐긴 뭐야. 우리 셋의 역할 분담, 납기 확인, 그리고 실제 작업⋯⋯."
　그리고 역시, 내 질문을 깔끔하게 무시하더니⋯⋯.
"그건⋯⋯"

"그래……. 삿셈을 제작하는 거야."

어제 예고했던 대로, 『1년 만의 팀 재결성』을, 힘차게 선언했다.

※　※　※

　밤이 깊어 가고, 창밖에 존재하는 좁은 정원에서 벌레 소리가 들려올 즈음…….

　"몇 번이나 말했다시피, 스토리와 캐릭터의 그래픽에 관해서만큼은 이쪽의 판단을 우선해줬으면 합니다……."

　"저기, 사와무라 양. 시나리오의 이 수정 부분, 체크해줬으면 해."

　"어디 말이야?"

　……하지만 방 안에서는 시끌벅적한 소리만이 울려 퍼지고 있기에, 그런 정취 있는 소리가 스며 들어갈 수가 없었다.

　"게임의 품질을 희생하라는 건 아닙니다. 완벽하게 만들어주시면 됩니다. 하지만 일러스트와 스토리의 품질을 위해 『조금만 더 짧은 시간 동안』 완벽하게 만들어주기를 부탁드리는 겁니다."

　"이, 전투 장면…… 요한의 무기 중에서 창 계열을 없앴으니까, 지금까지의 지정 포즈와 달라질 것 같은데……."

　"으음~, 그러게. 상반신의 구도를 변경할 필요가 있을지도 몰라……."

　"이미 제출했어?"

　에리리는 남은 원화를, 우타하 선배는 시나리오를 수정하고 있었다.

하지만 이제 작업은 막바지를 향해 치닫고 있었다. 단독으로 진행할 수 있는 부분은 거의 없었으며, 서로가 서로의 영역에 침범해 기탄없는 논의를 하며 개발을 진행했다.

"예, 예…… 맞는 말씀입니다. 코사카 씨는 몰라도, 신인인 두 사람을 전적으로 신뢰하지 못한다는 마에카와 씨의 주장도 타당합니다……"

"쳇……."

"쳇……."

"저기, 다 들리게 혀 차지 좀 마……. 아, 아뇨. 다른 사람한테 한 말입니다……"

"……아. 운이 좋았네, 카스미가오카 우타하. 그건 작업량이 너무 많아서 나중으로 미뤄 놨던 부분이야. 아직 러프만 그렸어."

"뭐, 뭐어, 미루기 잘했다고 해야 할지, 작업량이 많은 그림을 후반으로 미뤘다간 나중에 피를 본다고 해야 할지, 고민되네."

그리고 나는 저 두 사람이 마음껏 실력을 발휘할 수 있도록 온 힘을 다해 지원했다.

어제 회의에서 결정된 납기 연장을 없었던 일로 만들려하는 마르즈의 담당자를 막기 위해, 전화기를 사이에 두고 몇 번이나 싸웠다.

"예. 예. 그러니까, 마에카와 씨를 비롯한 여러분이, 게임 부분에서 멋진 작품을 만들고 있다는 건 충분히 알고 있습니다……."

"코사카 아카네는 지금의 게임 시스템과 그 감독을 쓰레기라고 했지만 말이야."

"애초에 기본 시스템을 만든 건 이미 퇴사한 전작 스태프고, 마에카와라는 사람은 과거의 자산에 빌붙어 목숨을 연명하려고만 하는 무능한 인간이라고도……."

"중요한 이야기 중이니까, 옆에서 쓸데없는 소리 좀 하지 말고 작업이나 해!"

……때때로 아군이 내 등에 칼을 꽂고 있지만, 신경 쓰면 지는 거다.

※　※　※

그리고 밤은 더욱 깊어 가고, 날짜가 바뀌면서, 대부분의 사람들이 활동을 중단했을, 심야와 새벽 사이…….

"……너, 지금 무슨 소리야?"

"토모야 너, 머리가 이상해진 거 아냐?"

"으~."

우리의 게임 제작은 분쟁에 휘말렸다.

그래노, 사실 어제 하루 동안은 매우 순조롭게 작업이 진척됐다.

두 사람에게 주어진 할당량인 『원화 하루 두 장』, 『현재 전달받은 시나리오 수정 지시에 대한 대응』도, 날짜가 바뀌기 전에 전부 마쳤다.

……뭐, 벌써부터 작업이 밀리기 시작하면 죽도 밥도 안 되겠지만 말이다.

아무튼, 우리가 이렇게 순조롭게 출발했는데도 불구하고, 앞으로의 진로를 두고 이렇게 다투는 배경에는…….

"왜 우리가 이벤트 연출 플랜까지 생각해야 하는데?"

"게다가, 안 그대로 빡빡한 스케줄을 더 줄여 가면서까지 진행하라니?"

그렇다. 『어제 시점에서 말하지 않았던』 새로운 미션을 제시했기 때문이다.

"아, 아니, 실은 지금까지는 그것도 마르즈가 아니라 코사카 씨가 전부 해 왔거든……. 캐릭터의 표정까지 전부 지정하는 수준으로 말이야."

"뭐…….."

"아, 아, 아…… 그 인간 말종 외주우우우~!"

"아~, 너희도 사돈 남 말 할 자격은 없어."

참고로, 클라이언트 측의 의뢰 전화를 받자마자 「우리 쪽은 제멋대로거든~」 하고 말하는 외주도 있다는 것 같은데,

그런 사람들은 조심하는 편이 좋다.

아니, 뭐, 아무튼, 실은 이 미션이야말로 병상의 코사카 아카네가 끝까지 자기가 하겠다며 고집을 부렸던 파트다.

즉, 이것만은 마르즈 측의 부담을 줄이기 위한 교섭 재료로서 맡은 게 아니라, 그저 『상대방에게 맡길 수 없기 때문에』 우리가 맡기로 한 것이다.

……후유증 때문에 그 파트를 우리에게 맡긴 게 아니었으면 좋겠다.

『「cherry blessing」의 감성으로 작업해. 그게 차선책이야.』

뭐, 그게 최선이 아니라 차선이라고 단언하는 걸 보면 여전히 츤데…… 오만한 것 같지만 말이다.

아무튼, 그런 방식으로 할 수 있는 사람은 카스미 우타코와 카시와기 에리를 가장…… 그야말로 코사카 아카네보다 잘 알고 있는 나뿐이다.

……정확하게는 나와 『또 한 사람』뿐인 것이다.

"그렇게 하고 싶으면, 네가 혼자서 다 하면 되겠네!"

"맞아. 그 말은 크리에이터가 디렉터에게 해선 안 되는 말이지만, 크리에이터가 크리에이터에게 말하는 건 괜찮아."

"할 수만 있다면 그러고 싶어! 나 혼자서 코사카 아카네

레벨의 연출을 할 수 있다면 말이야!"

하지만 병실에서의 뜨거운 맹세가, 그 자리에 없었던 이들에게 전해질 리가 없다.

"하지만, 진짜로 코사카 아카네 레벨을 요구하고 있다고. 게다가 그걸 판단하는 사람은 바로 코사카 아카네 본인이야. 우리 셋이 힘을 합치지 않으면 이기지 못할지도 모르는 상대란 말이야!"

"뭐~? 난 시간 무제한 컬러 일러스트 승부라면 그딴 만화가한테 안 지는데?"

"나도 정경 묘사와 장문 대사 한정 시나리오 대결이라면 절대로 그딴 만화가에게 지지 않아."

"그런 좁은 범위에서 승부하지 마! 나도 건강으로는 그 사람한테 안 져!"

사실 그것도 엄청 대단한 일이지만, 지금은 이런 이야기나 하면서 얼버무릴 때가 아니다.

"하지만, 그래도……"

"남에게 맡기는 것 또한, 프로젝트 리더의 중요한 업무라고 생각하는데……"

뭐, 그 주장에는 100퍼센트 동의할 것이다……. 저 두 사람의 짜증에 찬 표정을 보지 않았다면 말이다.

"그럼, 일단, 코사카 씨가 한 말을 한 글자도 고치지 않고 그대로 알려줄게."

코사카 씨는 절대 이 두 사람에게 알려주지 말라고 했지만, 이렇게 됐으니 어쩔 수 없다.

"「그 녀석들의 썩어 빠진 감성에 맡겼다간, 최고라 해도 과언이 아닌 카스미 테이스트와 카시와기 터치가 사라지고 말 거야. 너라면 그걸 용납할 수 있겠어?」라더라."

"……."

"……."

아, 입 다물었네.

※　※　※

From: 『아키 토모야』 〈T-AKI@○○○.○○〉
To: 『카토 메구미』 〈megumi-kato@○○○.○○〉
Subject: 어제까지의 일

안녕.
……아, 해가 뜨고 있네. 좋은 아침.

으음, 저기, LINE으로 연락하면, 네가 읽었는지 안 읽었는지, 계속 신경이 쓰여서 정신 건강상 좋지 않으니까, 예전처럼 메일로 연락할게.

뭐, 그렇다고 꼭 읽어달라는 건 아냐.

하지만, 메일이라면 네가 읽었는지 안 읽었는지는 신경 쓰지 않으면서,

내 생각을 솔직하게 술술 적을 수 있을 것 같더라고.

메구미가 읽고 싶지 않다면, 안 읽어도 돼.

……뭐, 이런 걸 쓸 짬이 있으면 시나리오나 쓰라고 생각할지도 모르지만,

그런 태클을 답장을 통해 날려 주십사 싶달까…….

※　※　※

"으음…… 뭐라고 쓰지……."

메일 첫머리에 쓴 것처럼, 지금은 토요일 오전 여섯 시 반이다.

날이 밝았다는 걸 확연하게 알 수 있을 만큼 밝은 햇살이 커튼 틈 사이로 스며 들어오고 있었다.

이 시간이 되자, 우리 셋 다 머리가 잘 돌아가지 않았다.

현재 우타하 선배는 목욕 중이며…….

먼저 샤워를 한 에리리는 침대에 누워서 잠시 눈을 붙이고 있었다.

그리고 잠시 동안의 짬을 이용해, 나는…….

※　※　※

　나, 지금은 내 방에 있어.

　에리리와 우타하 선배도 왔는데, 셋이서 쭉 『필즈 크로니클 ⅩⅢ』 작업을 했어.

　나는 학교에 갈 생각이라서, 일요일 밤에는 해산할 예정이지만,

　에리리는 아마 월요일에도 자기 집에서 계속 작업할 것 같아.

　분명 우타하 선배도 에리리네 집에 틀어박혀서 작업에 전념할 거야.

　그리고 아마 나도 평일 밤에는 그쪽 일을 돕는……다기보다, 진척 체크를 해야 하니까,

　에리리네 집에서 작업하게 될 것 같아.

　저기, 그러니까, 미안해.

　전에도 말했다시피, 한동안은 이쪽 일에 전념하게 될 것 같아.

　기간은…… 전에 말했던, 10월 셋째 주 마감에서 일주일 줄어서,

　지금은 10월 둘째 주까지야. 즉, 앞으로 2주만 더 하면 돼.

뭐, 기간이 조금 줄었다고 해서, 내가 범한 죄가 가벼워질 거라고는,

눈곱만큼도 생각하지 않아.

그래도 일단, 정확한 스케줄을 너한테 알려 두고 싶어.

※　※　※

메구미에게 보낼, 제로부터…… 아니, 오늘부터 시작되는 정기 보고를 쓰느라 골머리를 썩이고 있었다.

너무 딱딱한 문체면 『이래서야 그냥 사실만 알려줄 뿐, 마음이 전해지지 않는다』고 느껴질 테고, 그렇다고 평소 같은 말투로 쓰면 『이래서는 전혀 반성하지 않았다』고 느낄 것이다.

그러니, 메구미에게 사실과 감정을 골고루 전하기 위해서라도 말투를 절묘하게 조절해야만 하는 것이다.

그러고 보니, 이건 시나리오를 쓸 때도 중요한 관점일지도 모른다.

유저에게 무엇을 보여줄 것인가. 어떤 기분이 들게 할 것인가.

즉…… 메구미에게 무엇을 전하고 싶은가. 어떤 기분이 들게 하고 싶은가.

같은 내용을 쓰고 있는데도, 쓰는 방식에 따라 보는 이가

받는 인상이 명백하게 달라진다.

그러니 시나리오도…… 그리고 이 메일도 세심한 주의를 기울이며 써야만 한다.

※　※　※

하지만 말이야…….

메구미에게는 미안하지만, 나는 지금 엄청난 경험을 하고 있어.

그렇잖아? 바로 그 『필즈 크로니클』이라고.

메구미는 감이 오지 않을지도 모르지만, 우리가 철들 즈음에는,

빅 타이틀이 되어 있었던 바로 그 『필즈 크로니클』이란 말이야.

초대는 더는 플레이할 수 있는 게임기가 생산되지 않아서,

리메이크판이 만들어졌던, 바로 그 『필즈 크로니클』이야.

에리리와 우타하 선배가 흔들린 것도 이해가 돼.

아니, 예전에도 감각적으로 이해가 됐지만, 이렇게 내가 당사자가 되어 보니,

정말 비현실적이라고나 할까, 이야기 속의 주인공이 된 기분이야.

… 이게 요즘 유행하는 낙뎍 기업물 느낌의 작품이 아니면 좋겠네.

아무튼, 그렇게 엄청난 경험을 하고 있는데,
내 마음속에는 더 엄청난 일이 벌어지고 있어.
이제 두 번 다시 이뤄지지 않을 거라고, 되찾는 데는 몇 년은 걸릴 거라고
각오했던 일이, 올해, 또, 벌어진 거야.

물론, 이즈미와 미치루, 이오리와 함께 게임을 만드는 것도 최고야.
우리는, 올해 겨울 코믹마켓에, 최강의 미소녀 게임을 반드시 내놓을 거야.
하지만 에리리, 우타하 선배와 함께 게임을 만드는 게……
설령, 지금은 같은 서클이 아닐지라도……
즐겁다는 걸 부정하는 건 무리야. 절대 무리란 말이야.
안 그래? 톱 크리에이터잖아. 상업 게임이잖아.
카시와기 에리잖아. 카스미 우타코잖아.

우연이지만, 기적이지만, 그래도 기쁘지 않을 리가 없어.
나, 지금 정말 행복해. ……미안해, 메구미.

※　※　※

"쳇……."

키보드를 치던 나는 혀를 차면서 씁쓸한 표정을 지으려 했지만…….

그래도, 기분 나쁜 미소가 입가에 지어지는 것을 참을 수가 없었다.

사실과 감정을 골고루 전하고 싶다고 했지만, 결국 감정을 억누르지 못한 바람에, 『평소처럼 후덥지근한 어조』로 글을 쓰고 만 것이다.

하지만…… 이제, 됐어.

※　※　※

정말, 반갑고, 즐겁고, 작년과 마찬가지로 기분이 끝내줘서, 눈물을 참고 또 참으며 작업하고 있어.

하지만, 작년과 완전히 똑같지는 않아.
딱 하나, 부족한 게 있어.

원래는 정반대로 그 딱 하나만이 내 곁에 남아 있었어.

하지만, 지금은 ㄱ것만 내 곁에 없어.

에리리와 우타하 선배가 별것 아닌 일이나 양보할 수 없는 일 때문에 다투고…….
내가 아무짝에도 도움이 안 되는 조언이나 의미 없는 태클을 걸때…….

방구석에 그저 존재하며, 멍하니 그 말들을 흘려듣고 있던 사람이 없어.

즐거우면, 즐거울수록…….
메구미가 내 곁에 없어서 너무 괴로워.

※　※　※

그래…… 이제, 됐어.
어차피 LINE도 안 읽잖아. 메일도 읽지 않을 거야.
그럼 뭐라고 쓰든 내 마음이야. 내 멋대로 써도 된다고.
하지만『그럼 안 써도 되겠네』라는 의견은 무시하겠다.
왜냐면 이건 내 정신 건강을 위해 필요한 일이다.

메구미와 이야기를 나누고 있다, 메구미와 지금도 이어져 있다는『설정』이, 나에게는 필요한 것이다.

그것은…… 이렇게 셋이서 게임을 만들어도 결코 메워지지 않는 부분이다.

※　※　※

그리고 딱 한 번만 푸념해도 될까?

내가 이쪽에서 담당하는 일은 시나리오가 아냐.

이쪽에는 천재 시나리오 라이터가 있거든.

지금 내가 하는 건 주로 마르즈와의 스케줄 관련 절충이야.

……작년보다 더 프로듀서 같은 일을 하고 있는 거 같지 않아?

몇 번이나 게임 잡지의 인터뷰 기사 같은 데 실린 사진으로 봤던,

게임 업계의 베테랑 디렉터 상대로,

무리한 교섭을 하거나, 때로는 고함을 질러 대고 있어.

상대방은 분명 「이 녀석은 대체 어떻게 돼먹은 놈이야?」 하고 생각하겠지. 실은 나도 그렇게 생각해.

내가 자초한 일이기는 하지만, 진짜 작작 좀 해줬으면 좋겠어.

애 고등학생인 니가 이렇게 신경을 갉아먹는 힘싸움을 해야 하는 거냐고.

아아, 미소녀 게임 하고 싶어! 히로인과 러브러브 하고 싶어!

……빨리, 만나고 싶어.

※　※　※

"이걸 읽으면 완전 질릴 거야. ……나쁜 의미에서 파괴력이 너무 강해."

"『너를…… 만·나·고·싶·어』…… 완전 20세기 미소녀 게임^{센○○○ 그○}이네."

"끄아아아아아아아아아아아아아아아아아아아아아아아아아아~~~~~?!"

그것은 느닷없이 나타났다…… 아니, 내가 너무 방심했다.

컴퓨터 시간 표시를 보니, 어느새 오전 일곱 시가 거의 다 되었다.

메일을 쓰기 시작하고 30분가량 지난 가운데, 이 방 안에는 잠에서 깨어난 에리리와, 목욕을 마치고 돌아온 우타하 선배가 있었다.

……바로, 내 등 뒤에.

"이게 대체 뭘까……. 너, 메구미한테 이렇게 기분 나쁜 문장을 보낼 생각이야? 너무하네~! ……나한테도 이런 소린 한 적 없으면서……."

"나 같으면, 한 세 줄 읽자마자 허둥지둥 삭제한 다음, 혹시 모르니 하드디스크를 초기화할 거야. ……뭐, 흥미 없는 상대한테서 이런 게 온다면 말이지만."

"아냐! 오해하지 마! 이건 메일이 아니라 시나리오라고!"

인간으로서의 존엄성이 위험해질 정도의 위기에 처한 나는 당황하거나 허둥대지 않으며…… 아니, 충분히 당황했고, 충분히 허둥댔지만, 그래도 준비해 뒀던 플랜 B를 발동시켰다.

"캐릭터 이름을 잘 봐!『메구리』라고 되어 있지?!"

"응? 어라?"

"진짜네……."

그렇다. 그것은 내가 단 1초 만에 발동시킨 대마법…….

텍스트 안의『메구미』라는 단어를, 전부『메구리』로 변환시키는 커맨드다.

"이게…… 너희가 만드는 게임의 시나리오야?"

"그래.『blessing software』제2탄 소프트『시원찮은 그녀를 위한 육성방법(가제)』의 최종 시나리오…… 메인 히로인 메구리에게, 주인공이 메일로 사과하는, 개별 루트의 클라이맥스 장면이라고!"

일난 이 기적의 대마법으로 어떻게든 이 상황을 수습하는 데 성공했다.

남은 건 흔적을 교묘하게 은폐하면서 끝까지 시치미를 떼는 것뿐이다.

"픽션치고는 실존 인물, 단체명이 빈번하게 나오는 것 같은데……."

"리얼리티를 추구해봤거든! 그리고 에리리(가명)와 우타하(가명)라는 캐릭터는 전에 두 사람한테 보여줬던 시나리오에도 등장했었잖아?!"

"시나리오인데, 왜 일부러 메일 소프트로……."

"메일 문장이잖아! 분위기를 내보려고 메일 소프트로 작성한 거야!"

"……."

"……."

두 사람은 여전히 납득이 안 된다는 표정으로 내 메일…… 아니, 시나리오를 쳐다보고 있었다.

하지만 증거는 없다.

그리고 이미 저장했기 때문에 이전 상태로 되돌릴 수도 없다. 즉, 예전에 어떤 내용이었는지 확인할 방법이 없는 것이다.

그건 그렇고, 이 메일이 게임 시나리오라는 변명은 내가 생각해도 정말 절묘했다.

자신의 메일을 퇴고하면서, 「이 정도면 히로인과의 화해 이벤트 시나리오로 충분히 써먹을 수 있겠는데?」 같은 생각을 해서 정말 다행이다…….

어, 어라?

잠깐만 있어 봐.

이거, 혹시……?

내가 하늘의 계시를 받은 순간…….

"……어? 이 부분 이상하지 않아?"

"뭐? 어디 말이야?"

두 사람은 나와 전혀 다른 내용의 계시를 받은 것 같았다.

"이 부분…… 사와무라 양은 무슨 말인지 이해가 돼?"

"으음~……『나, 나, 지금 정말 메구리해. ……미안해, 메구리』……. 이게 무슨 소리지?"

"어?"

나는 한순간 무슨 일이 일어난 것인지 몰라 어안이 벙벙한 표정을 지었지만, 곧 그 말의 의미를 이해했다.

그래……. 그렇게 된 거구나.

분명, 대마법『메구미→메구리 모두 바꾸기』는 전체 공격 커맨드다.

즉, 『행복해』라는 부분 또한 효과 범위에 들어가는 것이다#1…….

"……쳇."

"……쳇."

"어? 어? 어?"

#1「행복해」라는 부분 또한 효과 범위에 들어가는 것이다 원문의「행복해」라는 부
분에 쓰인 한자가 메구미의 이름과 같기 때문에, 모두 바꾸기를 통해 변경되고 말았다.

제8장

어? 왠지 미묘하게 마무리 단계에 들어선 것 같지 않아?

목요일, 오후 다섯 시.

『필즈 크로니클ⅩⅢ』이벤트 제작 팀의 전체 작업 마감까지, 이제 열흘 남았다.

"수고했어~ 어? 우타하 선배는 어디 갔어?"

학교에서 돌아와서, 옷을 갈아입은 후, 바로 집을 나선 나는 5분 정도 걸었다.

지옥이 이어지고 있는 우리의, 당일 통조림…… 아니, 작업 장소인 사와무라 저택에 들어가 보니, 방에는 체육복 차림에 퍼석퍼석한 머리카락, 그리고 촌스러운 안경을 낀 위장 상류층 아가씨 일러스트레이터 한 명뿐이었다.

"더빙 현장에 갔어."

"아~, 맞다……. 시나리오 수정 부분의 추가 더빙이 오늘이었지."

그리고 우타하 선배의 미션은 다행스럽게도 페이즈 2에

늘어간 것 같았다.

그렇다면 그쪽은 한동안 우타하 선배가 혼자서 어떻게든 알아서 해줄 것이다.

"어디 사는 누구 탓에 괜한 일거리가 늘었다며 투덜댔어."

"지금 투덜대고 있는 건 깐깐하기 그지없는 선배 때문에 몇 번이나 더빙을 다시 하고 있을 성우분들일 거야……."

그 사람은 연극부 각본을 맡았다가 무대 연습 때 부원을 세 사람이나 관두게 만든 악마 연출가이기도 한 것이다.

뭐, 그 실적을 높이 사서 이번에도 더빙 현장에 파견한 거니, 성우 여러분들도 프로 의식을 가지고 그녀의 괴롭힘…… 아니, 연기 지도를 견뎌주기를 바랄 뿐이다.

"뭐, 아무튼 지금까지는 순조로워! 에리리도 매일 원화 두 장씩 완성하고 있잖아!"

나는 홀로 남아 있는 에리리의 기운을 북돋아주기 위해, 가능한 한 활기찬 목소리로 활기찬 발언을 했지만…….

"순조롭기는 무슨?!"

아무래도 방금 내 말은 에리리의 역린을 제대로 건드리는 특대급 지뢰 발언이었던 것 같았다.

"나는 말이지, 감수해야 할 그래픽이 스무 장이나 있단 말이야! 그런데 네가 하루에 무조건 두 장씩 원화를 완성하란 탓에, 감수 작업을 전혀 못하고 있잖아!"

"……으음~, 스캔이나 색 분할 같은 건 도와줄게."

"그딴 소리 할 시간에 직접 할 일을 찾아서 해! 도대체가, 나는 보름 가까이 학교에 못 갔는데, 너만 등교해?! 아주 여유가 넘치시네!"

"아, 나는 너랑 달리 출석 일수가 부족하면 진짜로 졸업 못하거든……"

또한, 사와무라 가문의 아가씨께서는 영국에서 한 달 동안 단기 유학 중이라는 『설정』으로 출석 일수를 커버한다는 최종 수단을 사용하고 있다.

역시 영국 외교관 오타쿠 가족이다. 나 같은 일반 가정집과는 위장 레벨이 달랐다.

"그리고, 등교는 했어도 공부는 안 하니까 안심해."

"……그 말 듣고 안심해도 되는 거야?"

"그래. 집에 있든, 학교에 있든, 여기에 있든, 할 일은 산더미처럼 있거든."

나는 테이블 앞에 앉더니, 노트북 컴퓨터를 켠 후, 쌓여 있는 메일들을 처리하기 시작했다.

"그래픽 감수 의뢰가 다섯 장 정도 와 있는데……"

"아아아아아아, 진짜!"

열 시간 만에 메일 보관함을 열어보니, 마르즈에서 보낸 걸로 보이는 메일이 십여 건 정도 와 있었다. 그걸 보니 에리리가 오늘 밤도 지옥을 보게 될 거라는 게 충분히 상상이 되었다.

"참, 이틀 전에 왔던 감수 의뢰의 기한이 오늘까지인데, 다 됐어?"

"아, 그거라면 체크해 둔 거 거기 있으니까, 상대한테 보내줘."

"오케이. 어디 보자……"

참고로 코사카 아카네의 대리인인 나는 그 지위를 충실하게 이어받아, 그 어떤 긴급 사태가 벌어져도 우리 쪽 스태프와 마르즈 측이 직접적으로 메일을 주고받는 걸 용납하지 않았다.

그것은 두 사람이 창작 이외의 부분에 할애하는 뇌의 리소스를 최대한 줄여서 작업 효율을 높이기 위한 것이자……

"……저기, 에리리."

"왜?"

"이 『왜 이 방향에서 그림자가 드리워져 있는 건지 1밀리그램도 이해 못하겠어』라는 코멘트 말인데, 『이 그림자를 저희 쪽에서 지정한 대로 수정해주십시오』로 고칠게."

"그렇게 돌려 말하면, 그 허접 그래픽 담당자는 영원히 실력이 늘지 않을 거야."

"돌려 말하지 않았다간, 실력이 늘기 전에 작업을 중단해버릴지도 모른다고……"

……이렇게, 도쿄와 오사카의 작업 현장이 원활하게 돌아가게 하기 위해서다.

※　※　※

From: 『아키 토모야』〈T-AKI@○○○.○○〉
To: 『카토 메구미』〈megumi-kato@○○○.○○〉
Subject: 상황 보고

오늘은 에리리의 방에서 작업을 하고 있어.
우타하 선배는 오늘부터 마지막 음성 수록 때문에 스튜디오에 갔어.

작업 자체는 뜻밖일 정도로 엄청 순조롭게 진행되고 있어.
……뭐, 연기된 스케줄에 맞춰 순조롭다는 거니까,
자랑스러워할 일은 아닐지도 모르지만 말이야.

우타하 선배의 시나리오는 수정을 비롯해 전부 끝났어.
그리고 우리가 통과시키고 싶었던 내용도, 마르즈 측에서 최종적으로 전부 오케이 해줬어.
이걸로 50만 필즈 팬에게, 완벽한 카스미 우타코 테이스트를 맛보여줄 수 있어.
발매 후에 유저들이 보여줄 아비규환이 벌써부터 기대돼……. 맹비난을 당할지도 모르지만 말이야.

에리리는 쭉 하루 두 장 페이스로 그림을 그리고 있는데,

어제는 하루 만에 세 장이나 완성했어.

역시 이 녀석은 마감 직전이 되면 엄청난 힘을 발휘해.

……뭐, 건강만 해치지 않는다면 딱 좋겠는데 말이야.

※　※　※

오후 열 시가 지나 업무 연락도 얼추 처리하자, 오늘 내가 『코사카 아카네의 대리인』으로서 해야 할 미션은 얼추 마무리되었다.

남은 일은, 현재 내 뒤편에서 묵묵히 펜을 놀리고 있는 에리리가 오늘 할당량을 달성할 때까지 지켜보는 것뿐이다.

그렇다면, 이제 내 존재 의의는 『그저 이곳에 존재하기만 하는 것』뿐이다.

……즉, 드디어, 이제부터 나만의 시간을 가질 수 있는 것이다.

※　※　※

지난번 메일에 「지금 엄청난 경험을 하고 있다」고 적었잖아?

실은, 이번 일을 통해 내 진로에 대해 진지하게 생각해보

고 있어.

　지금까지는 서클에서 취미 삼아 작품을 만들고 싶었고, 실제로도 만들어 왔어.
　하지만 언젠가는 에리리나 우타하 선배처럼,
　상업에서 일로써 작품을 만들고 싶다는 생각이 들어.
　크리에이터가 되고 싶다는 생각이 든 거야.

　글쟁이, 디렉터, 그 외 기타 등등 그중에서 뭐가 되고 싶은 건지는 아직 정하지 못했어.
　하지만 이 즐거움을, 이 열기를, 쓰라림과 고통도 포함해서,
　앞으로도 계속 느끼고 싶다는 생각이 들어.

　……뭐, 고등학교 3학년 가을에 수험 공부나 취직 활동도 안 하고
　게임이나 만들고 있는(그것도 두 타이틀이나) 인간이 장래 이야기를 해 봤자,
　귀신 씻나락 까먹는 소리처럼 들리겠지만…….

※　※　※

　지금은 하루에 몇 시간도 채 되지 않는 소중한 시간을 전

부 투지혜, 니는 내가 하고 싶은 일을…….

　메구미에게, 내 마음을 전하는 일에, 몰두했다.

　그저, 내가 하고 싶은 말을 늘어놓았다.

　어쩌면 이건 메구미가 듣고 싶은 말과는 동떨어져 있을지도 모른다.

　그저 제멋대로 늘어놓는 주장이나, 구차한 변명일지도 모른다.

　하지만, 이것이야말로 메구미가 들어줬으면 하는 말이다.

　내가 신경 쓰고 있는 여자애에게, 들려주고 싶은 말이다.

　중증 오타쿠이자, 2차원 오타쿠지만, 그래도 일단 남자인 나의, 너무나도 딱한 주장인 것이다.

　그리고, 그 주장은, 시나리오 라이터로서의 주장이기도 했다…….

　　　　　　　※　※　※

　참, 전부 숨기지 않고 이야기하기로 약속했으니까, 이것도 보고해 둘게.

　미안한데, 저번 메일을 에리리랑 우타하 선배가 봤어…….

　게임 시나리오라고 둘러대려고 했지만, 완전 무리였어. 죽고 싶어.

뭐, 그 점에 대한 비판과 비난은 솔직하게 받아들일 테니까, 네 연락을 기다리고 있을게.

그리고, 실은 그때 어떤 아이디어가 떠올라서, 그대로 실행에 옮겨봤어.

이 메일을, 메구리 시나리오의 클라이맥스 장면에 그대로 써봤어.

사적인 부분이나, 지금까지의 시나리오와 어긋나는 부분은 고쳤지만, 그 외에는 거의 똑같아.

주인공이 메구리와 사이가 틀어지고, 연락도 취하지 못하게 된,

스토리적으로 딱히 특이할 것 없는 『전』 다음에,

주인공이 메구리에게 자신의 마음을 전하는 장면에 이 메일을 그대로 썼어.

※　※　※

그렇다. 지금은 하루에 몇 시간도 채 되지 않는 소중한 시간을 전부 투자해, 나는 내가 하고 싶은 일을…….

우리가 만드는 게임의 시나리오를 완성시키는 일에, 몰두했다.

메구미와의…… 내 메인 히로인과의…… 아니지, 『우리』의 『게임』에 나오는 메인 히로인과의 엇갈림과 틀어짐과 후회와 미련…… 그래도 양보할 수 없는 것과, 그래도 포기할 수 없는 것들을, 그대로 전부 써 내려갔다.

미소녀 게임답지 않은, 결론이 보이지 않는, 이해하기 힘든 감정을…….

미소녀 게임답게 다양한 대답이 존재하는, 고찰할 보람이 있는 감정을…….

※　※　※

지금까지 보낸 메일들 말인데, 이오리한테도 전부 보내 뒀어.

언젠가, 메구미와 이즈미, 미치루에게도…… 아니, 어쩌면 이미 전해졌으려나?

아무튼, 조금 늦기는 했지만, 이걸로 메구리 시나리오도 80퍼센트 정도 완성됐어.

이제, 주인공의 고백과 메구리의 대답, 그리고 엔딩만 남았어.

……해피엔딩이 될지, 배드엔딩이 될지는 아직 모르겠네.

아무튼, 그러니까, 이쪽 일이 끝나서, 그쪽으로 돌아갈 즈

음에는,

　반드시, 메구리 시나리오를 완성시킬게.

　그러니까, 또 같이 게임을 만들자.

　지금까지처럼, 나를 옆에서 도와줘.

　나도 서클에 돌아갈 테니까, 메구미도 돌아와줘.

※　※　※

　아무리 퇴고를 해도, 그것은 역시 엄청 오글거리는 미소녀 게임 문체였다.

　만약 이것이 미소녀 게임의 시나리오라면(아, 미소녀 게임의 시나리오이기도 하지만), 이런 열렬한 문장에 감동한 히로인이 반응을 보이면서 공략 플래그가 세워지는 경우도 있다.

　그러고 보니, 내가 쓰는 이야기는 하나같이 이런 느낌이네……

　하지만 이오리의 말에 따르면, 이건 결국 오타쿠 남자의 말도 안 되는 망상을 그대로 줄줄 늘어놓는 것이며, 본래 여자들은 말 많은 주인공보다 자기 이야기를 들어주는 주인공…… 아니, 남자를 선호한다고 한다.

　게다가 내 메인 히로인은 결코 쉬운 상대가 아니다.

　그건 미소녀 게임의 히로인이 아니라, 3차원의 여자애니까……라는 것과도 미묘하게 다르다.

왜냐면 어쩔 때는 미소녀 게임 히로인보다 알기 쉽지만, 어쩔 때는 다른 3차원 여자애보다 다루기가 어려운 것이다.

그러니 앞으로는 2차원도 3차원도 전부 미지의 영역이다.

이제 무릎 꿇고 빌면 뭐든 용서해주는 구제 히로인은 존재하지 않는다.

선택지를 단 한 번이라도 잘못 골라서는 안 되는, 고난이도 히로인……도 아니다.

선택지를 잘못 고른다면, 백 번은 올바른 선택지를 골라야 만회할 수 있는, 정말 공략하기 성가신 메인 히로인이다.

그러니 분명 앞으로의 시나리오도, 이제부터 해야 할 화해도, 무지막지하게 어려울 것이다.

하지만 나는 둘 다 포기할 수 없다.

아니, 포기할 생각조차 없다.

왜냐하면 그녀는…….

이렇게 공략하기 어려운데도, 공략해야만 할 만큼, 엄청 매력적인, 메인 히로인이다.

……아니, 아마 분명 그럴 것이다.

※　※　※

"……."

"……왜 그래?"

"아무것도 아냐……. 좀 쉬는 거야."

문득 고개를 돌려보니, 에리리가 책상 앞에 앉은 채 내 뒷모습을 멍하니 쳐다보고 있었다.

컴퓨터의 시계를 보니, 어느새 날짜가 바뀔 때가 다 되어 있었다.

아무래도 나는 메일…… 아니, 시나리오 제작에 몰두하고 있었던 것 같았다.

"혹시, 또 봤어?"

"흐음, 『또』 내가 보면 안 되는 걸 쓰고 계셨나?"

"아니, 뭐…… 딱히 상관없어."

"……."

지난주와 같은 상황에 처했는데도, 나는 그때처럼 당황하지 않았다. 그저 일거리를 하나 끝냈다는 만족감에 휩싸인 채, 에리리를 멍하니 올려다보고 있었다.

왜냐하면, 이제는 숨길 필요가 없는 것이다.

이 문장, 우리가 만드는 게임의 시나리오라는 대의명분이 있으니까 말이다.

아무리 내용이 오글거린다며 비웃음을 사더라도, 「미소녀 게임은 내용에 몰입 못하면 오글거리는 게 당연해」라고 말하면 되는 것이다.

그저, 그 정도의 이유만으로, 충분히 납득해줄 테니

까…….

"그런데, 너는 얼마나 진행됐어?"

"오늘 몫은 옛날 옛적에 끝냈어. 자, 봐."

그렇기에, 에리리도 딱히 흥미가 없다는 듯이 내 컴퓨터 화면에서 눈을 떼더니, 책상 위에 있는 봉투를 나를 향해 대충 던졌다.

"너, 넉 장……?"

그 안에 들어 있는 것은, 이틀간의 성과물이자, 이번 주 신기록…….

"뭘 그렇게 놀라? 내가 하루에 일곱 장 그린 적이 있다는 건 너도 알잖아?"

"그 후에 그대로 쓰러져서 내 심장이 멎을 뻔했지만 말이지."

"시끄러워."

게다가 숫자뿐만 아니라, 그림의 치밀함과 구도의 대담함에 있어서도 신기록이라고 해도 될 정도로 완성도가 뛰어났다.

"근데…… 정말, 대단하네."

하루 만에 일곱 장을 그리고 쓰러졌을 때보다도…….

두 달 동안 한 장도 그리지 못해 괴로워했을 때보다도…….

지금의 에리리는 안정적이고, 뛰어나며, 빠르고, 또한 엄청났다.

"나, 대체 어떻게 된 걸까?"

"응? 그야 성장한 거겠지."

"그런 게 아니라······."

"뭐?"

"그릴 수가 있단 말이야······."

"아······."

"토모야가 곁에 있어도, 네가 쳐다보고 있어도······ 제대로, 그릴 수가 있어."

『나, 토모야가 곁에 있으면 그림을 그릴 수 없어.』

에리리가 그런 비장한 메시지를 남기고 『blessing software』를 떠난 게 반년 전의 일이다.

하지만 지금은, 그런 말을 남기며 서클을 관둔 울보 소꿉친구는, 더는 존재하지 않는다.

뭐, 지금도 여전히 얼간이지만······.

여전히 우타하 선배에게 놀림을 당하지만······.

그래도······ 이제 에리리는, 카시와기 에리라는 이름을, 완벽하게, 자신의 것으로 만들었다.

"극복한 걸까? 아니면 지금은 토모야 때문에 마감이 너무 촉박해져서 손을 계속 놀릴 수밖에 없으니까······ 그래서, 그릴 수 있는 걸까?"

뭐, 툭하면 삐지거나, 느닷없이 겁쟁이가 되는 건 여전하지만 말이다.

"그건 나도 잘 모르겠지만…… 그래도 내가 할 수 있는 말은……."

"말은……?"

그래도, 이 녀석과는 정말 정말 10년 동안, 별의별 일이 다 있었지만…….

그 10년 동안, 이 녀석은 나와 다른 길을 걸었다. 그리고 때때로 우리 둘의 길은 교차했다.

"네가 천재에 한 걸음 더 다가섰다는 거야."

……하지만, 나와는 한참 떨어진 곳을 걷고 있었다.

"그런, 거야……?"

"응."

내가 그렇게 말하자, 에리리는 왠지 납득이 되지 않는 것처럼 애매한 반응을 보이더니…….

"저기, 토모야……."

"응?"

잠시 동안 입을 뻐끔거리면서 할 말을 천천히 고른 후, 화제를 슬며시 바꿨다.

"저기, 이 게임이 완성되면……."

"……이미 코사카 씨가 쓰러졌는데, 너까지 사망 플래그를 세우려고?"

"다시, 서클에 돌아가도 될까?"

"아……."

내가 불손한 발언을 입에 담았지만, 에리리는 눈치가 없는 것처럼 자기 할 말을 계속했다.

"만약, 극복한 거라면…… 혹독한 환경에 처하지 않아도, 지금처럼 그림을 그릴 수 있다면……."

에리리는 멍한 목소리로, 진심인지 농담인지 명확하지 않고, 망설임이 담긴 말을 했다.

아마, 내 대답이 YES이든 NO이든, 담담하게 받아 내기 위해 저러는 것이리라.

「농담이야」 하고 말하며, 다른 화제로 바꾸기 위한 보험 같은 것이다.

"토모야 말대로, 내가 천재라서…… 상업과 동인, 양쪽 일을 겸할 수 있다면……."

"안 돼."

"……그래. 그럴 줄 알았어."

그래서…… 내가 딱 잘라 안 된다고 말하자, 약간 주눅 든 목소리로 그렇게 말하면서 쓴웃음을 지었다.

침묵에 잠겨 있는 시간이 좀 길었던 게 살짝 신경 쓰였지만…….

"당연히 무리지. ……에리리는 이 『필즈 크로니클XⅢ』을 통해 엄청난 인기를 얻을 거야."

"토모야……?"

"내년이 되면, 너는 엄청난 상황에 처할 테지. 평판이 평판을 부르고, 다양한 업계에서 너를 모셔 가려 할 거야. 게임뿐만 아니라, 애니메이션의 캐릭터 디자인, 오리지널 피규어도 담당할 거고, 판화전에서 시리얼 넘버가 들어간 그림이 한 장당 수십만 엔에 팔릴 거라고! 마르즈나 코사카 아카네 따위가 어찌할 수 없는 위치에 도달할 거야!"

그래서 나는 에리리가 침묵에 잠겨 있던 시간을 메우려는 것처럼, 괜히 더 흥을 끌어올리면서 방금 내가 한 말을 얼버무렸다.

"뭐, 그러려면 게임이 무사히 완성되어야 하지 않을까?"

"완성될 거야! 그래서 내가 돕고 있는 거잖아!"

"네가 대체 뭘 도왔는데? 쓸데없이 우리 일을 늘리기만 했잖으면서."

"그 덕분에 갓겜이 완성될 거야! 너는 죽기 직전에 나에게 감사하게 될걸?!"

"하다못해 발매 일주일 후에 너한테 감사하게 되는 결과가 벌어졌으면 좋겠는데 말이지……."

내가 그렇게 입만 산 소리를 하자, 에리리는 그제야 진짜 쓴웃음을 지었다.

"뭐, 아무튼…… 너는 기다리고 있어."

나는 그 쓴웃음을 보며 아주 약간 안심한 후…… 내 진정한 마음을, 진심 어린 목소리로 드러냈다.

"……뭘?"

"내가 정정당당하게 가슴을 펴고 카시와기 에리를 고용하러 가는 날을 말이야."

"……."

에리리는, 내 손이 닿지 않는 크리에이터가 됐다.

그것은 내가 진심으로 바라던 일이며, 내가 마음속 깊은 곳에서 두려워하던 일이기도 했다.

"난 반드시 따라잡겠어……. 그러니까 너는 돌아올 생각 따윈 꿈도 꾸지 마."

하지만 남겨지고 마는 공포가, 내가 더욱 노력할 동기가 되어줄 것이다.

그러니, 에리리가 멈춰 서는 걸 용납할 수는 없다.

에리리를 쫓고 또 쫓은 끝에 따라잡은 순간 완성될 내 전설이 빛바래고 말 테니까 말이다.

"기다려, 에리리.

내가 너를 쫓아가서, 이번에야말로 따라잡은 후, 그리고 다시 한 번, 같이 작품을 만들자.

……반드시, 네가 참가하고 싶다고 생각할 만한 기획서를 들고, 찾아갈게."

그러지 않는다면…… 그때 너를 놓아준 게 아무 의미도 없는 짓이 되고 만다.

"……대체 그게 언제쯤인데?"

"으음…… 언젠가 반드시 그렇게 될 거야!"

"도대체가, 제대로 된 스케줄을 제시하지 못하니까, 너는 디렉터로서 꽝인 거야."

"그래서 기다려달라는 거잖아."

"……하다못해 2년 안에 내가 있는 곳까지 올라와."

"그건…… 꽤 힘들 것 같은데……."

"무리일 것 같아?"

"그래도, 뭐…… 최선을 다해볼게."

"……좋아."

마지막의 「좋아」가 왠지 약간, 처연하게 들렸지만…….

그래도, 내 눈앞에 있는 에리리는 아까와 다르게 만면에 미소를 짓고 있었다.

……뭐, 그녀의 눈동자는 다른 색깔을 머금고 있었지만 말이다.

"꽤 느긋해 보이네. 남은 원화 숫자를 세면서 절망에 빠진 채 울며불며 그리고 있을 줄 알았는데."

"아……."

내가 다시 한 번 에리리의 미소와 눈동자를 눈에 새기듯 쳐다보려고 한 순간…….

방문이 천천히 열리더니, 우타하 선배가 평소처럼 독설을 토하면서 모습을 드러냈다.

"너야말로 꽤 느긋해 보이네. 성우분들에게 시나리오의 문제점을 실컷 지적당한 끝에, 울며불며 현장에서 고치고 있을 줄 알았는데 말이야."

그 말에 반응하듯, 에리리의 표정도, 눈동자의 색깔도, 전투 모드로 변했다.

"어머? 나는 그런 초보적인 실수는 하지 않아. 그저 그들의 실력과 방향성을 보면서, 최적의 연기가 가능하도록 그 자리에서 튜닝을 했을 뿐이지."

그건 그렇고, 에리리를 도발…… 아니, 어쩌면 구출해준 절묘한 타이밍……

이 흑발 롱 헤어, 진짜로 방금 도착한 거 맞아?

"이 얼렁뚱땅 시나리오 라이터, 역시 고치긴 했구나."

"나는 납기 기한 안에 일을 마쳤고, 지금 하는 일은 서비스 잔업 같은 거잖아? 자기 할 일도 제때 못 마치고 있는 느림보 일러스트와는 달라."

"미안하게 됐네~. 나도 오늘 넉 장을 그려서 스케줄을 다시 따라잡았어."

"어머, 잘됐네. 실은 시나리오의 튜닝에 맞춰 원화도 꽤 수정이 필요하게 됐는데, 네가 바빠 보여서 어떻게 할지 걱정이있거든. 하지만 스케줄에 여유가 있다면, 이 여덟 장의 원화를 수정 지시에 따라……."

"잠깐만 있어 봐, 카스미가오카 우타하! 여덟 장이나 수정 하라고?! 제정신이야?!"

"잠깐만요, 우타하 선배! 그건 나도 흘려들을 수 없는 말 같은데요?!"

목요일…… 아니, 이제 열두 시가 지났으니, 심야 애니가 시작될 시간대…….

그래도 우리는 텔레비전은 쳐다보지도 않고 사이좋게 말 다툼을 벌였다.

마치, 동창회를 연상케 하는 이 행복한 시간을 만끽하려 는 것처럼…….

마치, 이제 곧 축제가 끝날 거라는 사실을 아쉬워하는 것 처럼…….

제9장

우와, 주역들을 단체 결석시킬 뻔했어.

"아~. 몰래 일 좀 하지 말라고 몇 번을 말해요!"

"……뭐야, 소년이구나."

금요일, 오후 네 시, 방과 후.

2주 전에 찾았던 병실을 또 방문한 나를 맞이한 것은, 널찍한 바닥을 뒤덮고 있는 스케치의 산……

그리고 침대 위에서 환자 같지 않은 속도로 연필을 놀리고 있는(병원이 아니라 업계 관계자에게 있어서의) 극성 환자, 코사카 아카네.

"의사도 아직 완치된 게 아니니까 무리하지 말랬잖아요."

"걱정 마. 이건 일이 아니라 재활 훈련이야."

바닥을 뒤덮고 있는 스케치들을 주우면서 침대에 다가가 보니, 코사카 아카네는 손을 멈추지도, 내 쪽을 쳐다보지도 않으면서 그림에 몰두하고 있었다.

"어, 설마 왼손으로……?"

그것도, 일을 할 때 쓰지 않는…… 그리고 병의 영향을 받지 않은 손으로 말이다.

 "이번 일로 많은 걸 배웠거든. 양손을 다 쓸 수 있었다면, 게임은 몰라도 만화는 휴재하지 않았을 거야."

 "휴재해요. 손이 아니라 뇌가 문제잖아요."

 참고로 그 스케치들은 원래 코사카 아카네의 그림을 아는 사람이 본다면 수준이 떨어지는 것처럼 보이겠지만, 선입관 없이 본다면 충분히 엄청난…… 연재 몇 개 정도는 간단히 따낼 수 있을 정도의 작화였다.

 이 사람, 역시 인간 말종이다.

 "이제 오른손이 완치된다면, 예전보다 곱절은 그릴 수 있을 거야. 전화위복이라는 건 이럴 때 쓰는 말이겠지. 이렇게 간단한 걸 왜 이제서야 눈치챘는지 몰라."

 "제발 부탁이니까 절대 하지 마세요."

 그것도 재능 면에서 인간을 벗어났다는 게 아니라, 본래 의미에서 말이다.

 "다음 주……라고요?"

 "그래. 월요일에 드디어 퇴원할 거야."

 재활 훈련용 악력 강화 볼을 오른손으로 움켜쥐면서 좋은 소식을 나에게 알려준 코사카 씨의 얼굴에는 이전처럼 생기가 넘쳐흐르는 것처럼 보였다.

뭐, 딱히 초췌했던 시기도 없었지만 말이다.

"하지만 아직 완치된 건 아니죠?"

"뭐, 평생 완치되는 일은 없을 거야. 이 녀석과는 평생 함께할 수밖에 없겠지."

"맞아요. 그러니까 앞으로는 일상생활만이라도 신경 쓰세요. 정기적으로 병원에 다니고, 약은 꼭 챙겨 먹으라고요. 그리고 예전보다 수분을 많이……."

"이제까지 늦어진 걸 빨리 만회해야 해. 연재를 재개해야 하는 만화가 다섯 편, 애니메이션 기획이 세 편, 그리고……."

"그러지 마요, 좀! 제발 하지 말라고요~!"

본심을 털어놓자면, 한동안은 더 병원에 수용해 뒀으면 하지만…….

뭐, 병원 측도 정신적으로 한계인 건지도 모른다.

"그렇게 무리하다가 또 재발하기라도 하면 큰일 나요. 이번에야말로 의식이 돌아오지 않을 수도……."

"전에도 말했지? 내가 작품을 만들지 못하게 된 순간이 바로 내가 죽을 때야."

"당신은 그걸로 괜찮을지도 모르지만, 주위 사람들은 그렇지 않다고요! 이번 일로 그걸 깨달았을 거 아니에요!"

"그러고 보니, 너 이번 일 때문에 애인과 헤어졌다면서? ……그 점은 정말 미안하게 생각……."

"누구한테 들었어요?! 누가 그런 소리를 한 거예요?! 그리고 헤어진 적 없거든요?! 아직 사긴 적도 없어는요?! 그리고 지금 사과할 포인트는 그게 아니라고요!"

아니, 역시 무슨 수를 써서라도 병원에 계속 수용해 둬야 한다고 생각한다. 평생토록 말이다.

※　※　※

"……아무튼 『필즈 크로니클ⅩⅢ』 쪽은 「기적적으로」 순조로워요."

마음이 눈곱만큼도 훈훈해지지 않는 잡담을 마친 나는, 병문안 손님인 아키 토모야에서 주식회사 코슈 기획 사원인 아키 토모야로 돌아간 후(안경은 안 낌), 사장에게 진척 상황을 보고했다.

"오늘 아침에 원화 및 시나리오 수정, 그리고 추가 더빙이 전부 완료됐어요. CG 감수가 좀 남아 있기는 하지만, 그것도 끝이 보여요."

"스케줄 같은 건 아무래도 상관없어. 퀄리티는 어때?"

"……카스미 우타코도, 카시와기 에리도 오케이 했어요. 내가 봐도 완벽해요."

……가장 고심했던 부분을 「아무래도 상관없다」니 좀 우울해지기는 했지만, 나는 잘 지내요.

"지금까지 완성된 소재를 전부 보여줘. 내가 다시 체크하겠어."

"자신이 발굴한 두 사람을 좀 믿어 보세요."

"쳇……."

코사카는 자기가 주위에 끼친 부담과 자신의 억지를 저울에 올려놓고 재본 건지, 이번만큼은 투덜거리면서도 자신의 뜻을 굽혔다.

뭐, 이제 와서 카스미 우타코와 카시와기 에리를 향한 신뢰가 그럴 수 있을 레벨에 도달한 것일지도 모른다.

"이제 이벤트의 연출 지정만 남았는데, 그것도 내일모레쯤에는 끝날 거예요."

즉, 곧 팀 코사카(임시 버전)의 작업은 전부 끝난다.

그런데도 발매가 연기된다면, 그건 게임 시스템 쪽에서 심각한 버그가 나오거나, 현실에서 게임 이벤트와 똑같은 재해 혹은 사고가 발생하거나, 오프닝 애니메이션을 의뢰한 제작 회사가 도산할 경우뿐이다. 어느 게 가장 위험한 건지는 언급하지 않겠다.

"그래, 연출……. 중요한 파트지. 좋아. 그건 월요일부터 내가 복귀하면……."

"안 돼, NG, 그만."

아, 이 무시무시한 여왕이 복귀하자마자 난리를 피운 바람에 연기될 가능성도 있지만, 그건 내가 목숨을 걸고 저지하는 수밖에 없다.

"그 정도는 새활 훈련 삼아 해도 되지 않을까? 마르즈와 얽히지도 않고, 화를 내거나 다툴 생각도 없어."

"한동안은 마르즈와의 회의에는 얼굴도 비추지 마세요. 아무튼, 나한테 맡겨 달라고요."

"나라면 한 시간 동안 네 여덟 시간 몫의 성과를 낼 수 있을걸?"

"……미묘하게 정확한 수치를 제시하지 마요. 아무튼, 이렇게 됐으니 나도 끝까지 하고 싶어요."

"하지만 지금까지 이쪽 일에 꽤 많은 시간을 빼앗겼잖아? 더 이상은……."

"이런 일은 두 번 다시 없을 것 같거든요."

"……."

완성까지 얼마 남지 않았다.

그것은, 팀 코사카…… 아니, 구『blessing software』의 서클 활동 종료까지, 이제 얼마 남지 않았다는 것을 뜻했다.

"아, 그리고 보수를 지급할 테니까, 나중에 계좌 번호를 가르쳐줘."

코사카 씨는 그런 내 의지를 이해해준 준 건지, 화제를 바꿨다.

"됐어요……. 나는 그저 유령인걸요. 그것도 기간 한정."

"아니, 그럴 수는 없어."

"하지만 내가 하겠다고 한 거니까……."

"임시라고는 해도 코슈 기획에 소속되어서 내 의뢰를 수행
한 이상, 보수를 주지 않는다는 건 업계의 룰을 어기는 거
야. 그러니 죽는 한이 있더라도 보수를 받아줘야겠어."

뭐, 꼭 이렇게 살벌한 화제로 바꿔야 했느냐는 생각이 들
기는 하지만 말이다.

"뭐…… 알았어요. 그래도 세금 신고를 해야 될 정도의 금
액은 넣지 말아주세요."

"왜? 동인 매상만으로도 신고는 해야 하잖아? 너는 이오
리가 무슨 일을 하는지 파악하고 있긴 한 거냐?"

"……죄송한데, 보수는 이오리의 계좌로 보내주세요."

……뭐, 진짜로 이런 살벌한 화제는 작작 좀 언급해줬으면
좋겠다는 생각이 들긴 하지만.

※　※　※

"그럼 나는 이만 가볼게요……."

어느새 이야기에 푹 빠지고 말았던 건지, 곧 다섯 시를 가
리키려 하는 시계를 본 나는 의자에서 일어나며 코사카 씨
를 향해 인사를 건넸다.

"뭐랄까…… 여러모로 귀중한 체험을 하게 해줘서 고맙습
니다."

여러 상황을 고려해볼 때, 왠지 내가 이렇게까지 정중하게 인사를 하는 것도 좀 이상하다는 생각이 들었다.

하지만 그녀 앞에 서자, 그런 사소한 건 아무래도 좋다는 생각이 들 정도로, 그녀는 환자인데도 불구하고 너무나도 거대한 존재였다.

그런 괴물을 이렇게 가까운 거리에서 접하고, 같은 작품을 만들며, 같은 꿈을 좇는 일은 두 번 다시 없을지도 모른다고 생각하니, 왠지 온몸이 긴장으로 가득 찼다.

"그러고 보니…… 전부터 물어보고 싶었던 게 있는데 말이야."

"뭔데요?"

왜냐하면, 이제 와서 이런 말을 해 봤자 아무 소용 없지만, 나는 옛날부터…….

"혹시 너…… 예전에, 이오리가 서클에 데리고 왔던, 그 중학생이냐?"

"……기억하고 있었군요."

그녀가, 느닷없이 옛날이야기를 하자, 「기억하고 있었군요」와 「그걸 이제 알았어요?」 중에 무슨 말을 할지 고민이 됐지만…….

그래도 내가 평생 잊지 못할 거라 믿는 그 유일한 기억은,

사실 그녀에게 있어서는 수천, 수만 개의 추억 중 하나에 지나지 않을 것이다.

"기억하지……. 처음이었거든."

"뭐, 뭐가요……."

당시의 나는 아무런 힘도 명성도 없는, 그저 지인의 지인에 지나지 않는 중학생 오타쿠에 불과했던 것이다.

그리고 그녀는 그 당시부터 업계를 석권하고 있던 천재 크리에이터였으며…….

자신이 빚어낸 대부분의 작품을 애니메이션화 시켜서 히트시킨, 미디어 믹스의 천재다.

그런 사람이…….

"처음이었어……. 내 앞에서 언급하는 것조차 금기시되던 『고탄다의 추기경』의 애니메이션에 대해 열정적으로 이야기하는 바보는 말이야."

"……예?"

하지만 그런 나조차 기억하지 못하는, 5년 전에 겨우 수십 초 동안 나눈 대화의 내용을 기억하고 있다니…….

……그게 좋은 일인지 나쁜 일인지는 제쳐 두고 말이다.

"내 작품 중 처음으로 애니메이션화 되었지만, 내가 전혀 관여하지 못한 바람에 엄청난 망작이 되어버려서 나조차 기억 속에서 지워버렸던 작품을 언급해서 내 마음의 상처를 후벼 팠지……. 지금 생각해보니, 너는 그때부터 정말 배짱이 두둑한 녀석이었구나!"

"자, 잠깐만요! 나는 그 애니메이션을 엄청 좋아해요! 원작자가 망작 취급해서 엄청 충격을 받았을 정도라고요!"

"그때는 상대가 꼬맹이라서 입 다물고 있었지만, 그래도 이 코사카 아카네를 바보 취급하는 건가 싶어서 너무 분한 나머지…… 언젠가 앙갚음을 하자고……."

"바보 취급한 적 없어요! 진짜로 칭찬한 거라고요! 광팬이 그딴 짓을 할 리가 없잖아요!"

"하지만 그 애니는 누가 봐도 명백한 망작이잖아! 네 감성은 대체 어떻게 돼먹은 거야?!"

"관계자가 그딴 소리를 하면 안 되죠! 자기 작품에 책임져요!"

그리고 이렇게까지 자기 작품에 관여하게 해 놓고, 내 감성을 의심하지 좀 말아줬으면 좋겠는데 말이야…….

　　　　　　　※　※　※

From: 『아키 토모야』〈T-AKI@○○○.○○〉
To: 『카토 메구미』〈megumi-kato@○○○.○○〉
Subject: 이제 조금 남았어!

너무 오랫동안 기다리게 해서 미안해…….
하지만 이제 곧 이쪽 일이 끝나.
다음 주에는 서클에 복귀할 거야.

　……하지만, 여러모로, 정말 여러모로, 멤버들에게 상처를
입혔잖아.
　서클에 복귀했을 때, 아무도 남아 있지 않을까 싶어서, 좀,
아니, 엄청 무서워.
　이제 와서 내가 멤버들을 소집한다고, 다들 모여 줄까?
　아무도 오지 않아서, 나 혼자 외로움에 떨게 되지는 않을까?

　　　　　　　※　※　※

　그리고 내가 병원에서 돌아와서 방을 정리한 후, 컴퓨터를
켰을 즈음에는 어느새 오후 여섯 시 반이 지났다.
　이미 완연한 가을이 된 이 계절의 이 시간이 되자, 내 방

안으로 서늘한 공기가 스며 들어왔다.

하지만 나는 그 서늘함을 개의치 않으면서, 키보드를 계속 두드렸다.

어차피 곧 이 방 안은 열기로 가득 찰 것이다.

에리리와 우타하 선배가 주말 합숙을 하기 위해, 일곱 시까지 이 방에 오기로 되어 있는 것이다.

그 후에는 이번 주말에 개최될 축제를 실컷 즐기기만 하면 된다.

『필즈 크로니클XⅢ』 이벤트 연출 제작이라는, 주말의 그리고 종말의 축제를 말이다.

※　※　※

뭐, 내가 자초한 거라는 건 알아.

옳지 않은 짓이라는 것도 알고, 무모한 짓을 벌였다는 것도 이해하고 있어.

동료들이, 메구미가 어떤 선택을 하든, 나는 실망할 자격이 없어. 해선 안 돼.

왜냐면 나는, 동료들과 메구미에게 더욱 큰 실망과 절망을 안겨줬잖아.

그래도, 꿈을 꿔. 기대하고 있어.

서클 멤버들이 내 방에 모여서, 시끌벅적하게 떠들면서 게임을 만들기를…….
　메구미가 평소처럼 「정말이지……」 하고 말하면서 내 곁으로 돌아와 주기를 말이야.

　그러니까, 앞으로도 몇 번이든 기대하며, 서클 멤버들에게 연락을 하겠어.
　하다못해 「두 번 다시 연락하지 마」라는 말을 들을 때까지 발버둥 쳐볼 거야.

　하지만, 만약, 진짜로, 그런 말을 듣는다면…….
　아니, 그래도, 게임을 만들 거야.
　혼자서 만들면서, 너희를 기다릴 거야.

　내 꿈과 망상이 잔뜩 들어간, 끝내주게 징그러운 미소녀 게임을 만들면서 말이야.

　가슴을 두근거리게 만드는 최고의 메인 히로인과,
　최고로 사이가 좋아져서, 최고로 행복해지는,
　그런, 최고의 미소녀 게임을…….

　　　　　　　　　　❋　❋　❋

　"……윽."

　그 마지막 축제에 참가하기 직전, 나는 마지막 의식을 거
행했다.[매일]

　다시 문장을 읽어봤지만, 역시 징그러웠다. 완전 징그러웠다.

　아무리 미소녀 게임의 시나리오에 넣을 문장이라고는 해
도, 시나리오 라이터가 이야기에 너무 몰두해 있다.

　뭐, 현실이니까 어쩔 수 없을지도 모르지만 말이다.

　"으…… 윽, 흐윽……."

　아니, 그보다 문제인 것은 이 징그러운 문장을 쓰면서 울
먹거리고 있는 바로 나일지도 모른다.

　　　　　　　　　　❋　❋　❋

　그러니까, 이 변명…… 아니, 보고 메일도 이번이 마지막이야.

　즉, 메인 히로인, 카토 메구리 시나리오와의 상호 연계도
이걸로 끝이야.

　이제부터는 순수하게, 나 자신의 창작에 전념할 거야.

　『전』에서 『결』로 이어지는 이야기를, 완성하고 말겠어.

　사이가 틀어진 메구리와 주인공은 과연 화해할 수 있을 것
인가?

두 사람이 자아낸 이야기의 결말은?

그리고, 두 사람의 결말은?

뭐, 조금만 스포일러를 하자면,

여기서부터, 노도와 같은 적당주의가 작렬하면서,

메구리가 주인공의 곁으로 돌아온 후,

두 사람은, 중단되었던 이야기를, 다시 함께 만들어 가기 시작하더니,

마침내 『결』에서 두 사람은 맺어져.

그런 근심 걱정이라곤 눈곱만큼도 없는 해피엔딩이 기다리고 있어.

……뭐, 모에 미소녀 게임이고,

해피엔딩 마니아인 내가 쓰는 거니까,

당연하다고도 할 수 있는 전개일지도 몰라.

그래도 엄청 기대돼. 어서 쓰고 싶을 정도로.

메구리가, 얼마나 음란한 말을 주인공에게 건넬까.

얼마나 귀여운 반응을 보여줄까.

어떤 짓을, 하게 될까…….

그리고 겸사겸사…… 아니, 어쩌면 이게 본론일지도 모르는데…….

메구미가 어떤 말을 하고, 어떤 반응을 보이며, 어떤 짓을 하게 될지…….

　그게 죽도록 궁금할 만큼, 나는, 메구미가,

※　※　※

"～～～응!"

※　※　※

……뭐, 모에 미소녀 게임이고,

해피엔딩 마니아인 내가 쓰는 거니까,

당연하다고도 할 수 있는 전개일지도 몰라.

그래도 엄청 기대돼. 빨리 쓰고 싶을 정도로 말이야.

메구리가, 얼마나 음란한 말을 주인공에게 건넬까.

얼마나 귀여운 반응을 보여줄까.

어떤 짓을, 하게 될까…….

그런고로, 많은 기대 부탁드립니다!

※　※　※

"……하아아아아아～."

마지막 부분을 『조금만』 수정하고 송신 버튼을 누르자, 메일 수신음인 징글벨 소리가 희미하게 들려왔다.

나는 그 소리를 들으며 바닥에 드러누운 후, 눈을 감으며 손으로 얼굴을 가렸다.

손바닥이 닿아 있는 얼굴이 묘하게 뜨거웠다.

심장의 고동이 온몸을 통해 느껴졌다.

엄청난 사고를 칠 뻔했다는 사실이 차아낸 초조함과, 후회…….

그리고, 마지막에 문제의 소지가 있는 부분을 삭제했다는 사실에서 비롯된 안도, 그리고 후회가 내 머릿속을 휘감고 있었다.

왜 그런 걸 쓴 걸까.

그리고, 대체 왜, 지워버린 걸까…….

"……어라?"

그런 생각에 사로잡혀 있던 나는 묘한 기적…… 아니, 위화감을 느끼며 몸을 일으켰다.

시계를 보니, 일곱 시를 10분 앞두고 있었다.

에리리와 우타하 선배가 일찌감치 온…… 것 같지는 않았다.

그저, 뭐랄까, 왠지 앞뒤가 맞지 않는다고 할까, 말도 안 된다고 할까…….

"으음~, 분녕……."

그 위화감을 정리하기 위해, 나는 다시 한 번 이 방에 돌아온 후에 있었던 일을 떠올려 보았다.

방을 간단히 정리하고, 사 뒀던 과자와 음료수를 테이블 위에 올려놓은 후, 작업용 노트북 컴퓨터를 켰다.

그리고 시계를 보니, 아직 두 사람이 오기에는 이른 시간이었기에, 마지막 일과…… 메구미에게 보내는 정기 보고이자, 메구리 시나리오의 집필을 시작했다.

그 후의 심리 묘사는 약간 생략하기로 하고, 일단 메일을 다 쓴 나는 그걸 퇴고하다, 시나리오적으로 지나치게 자기 언급적 묘사를 발견하고 허둥지둥 삭제했다.

모델이 된 사람을 향한 고백

그리고, 이번에야말로 내용적으로 오케이라고 판단한 내가 송신 버튼을…….

"……어?"

나는 마음속에서 멋대로 튀어나온 얼빠진 목소리를 입 밖으로 토하면서 벌떡 일어났다.

방 안을 둘러보며 아무런 이상도 없다는 사실을 확인한 후, 이번에는 이 방의 문 쪽을 주목했다.

아주 약간 열려 있는 그 문을 말이다.

"……."

천천히 그 문에 다가간 나는 마음속의 의혹이 확신으로 바뀌는 것을 느끼고 있었다.

그렇다. 그것이 바로 이 위화감의 정체였다.

　나는 머릿속으로 퍼즐을 맞추면서, 문틈을 향해 손을 뻗었다.

　나는, 분명, 메일을 『송신』했어.

　그런데, 왜 바로 그 순간에 『수신』을 알리는 징글벨 소리가 들린 거지…….

　"……어이."

　"……응~?"

　내 메일을 수신한 단말기는 바로 복도에 있었다.

　……그 단말기의 주인과 함께 말이다.

　"자, 잠깐, 저, 저, 저기, 메, 메메메메……."

　"아~, 시끄럽네."

　"하나도 안 시끄럽거든?! 아니, 시끄러워도 돼! 여기는 우리 집이라고!"

　"흥……."

　그곳에 있던 단말기의 주인…… 메구미는 복도에 앉아서 벽에 기댄 채, 삐친 듯한 표정을 짓고 있었다.

　삐치다 못해 뾰로통해진 그녀는 미간을 찡그린 채, 스마트폰의 화면을 뚫어져라 쳐다보고 있었다.

　"그, 그게, 저기…… 메구미?"

　"왜냐면 나는~, 동료들과, 메구미에게~, 더욱 큰 실망과~,

절망을~."

"음독하지 말아줄래?!"

그 화면에는 내가 방금 보낸 메일이 표시되어 있는 것 같았다.

"그, 그건 그렇고…… 메구미, 네가 왜 여기 있어?"

"내가 여기 있으면 안 돼?"

메구미는 나와 시선을 마주하지 않은 채, 복도에 앉아서 혼잣말 같은 어조로 그렇게 대답했다.

"아, 아니, 안 되는 건 아닌데…… 그래도, 느닷없어서……."

"느닷없이 찾아오면, 안 돼?"

"그, 그렇지 않아! ……하지만, 들어오기 전에 벨을 누르거나 연락 정도는……."

"연락? 그렇게 일방적으로 서클을 나가버린 사람한테, 내가 연락을 해야 하는 이유가 짐작조차 안 되는데?"

"잘못했습니다! 지당하신 말씀입니다~!"

왠지 교묘하게 말을 돌리고 있는 듯한 느낌도 들지만, 전면적으로 내가 잘못했기에 태클조차 마음대로 날릴 수가 없었다.

"그래서 어쩔 수 없이 멋대로 이 집에 들어왔는데, 그래도 내가 먼저 말을 거는 건 좀 아닌 것 같아서 방 밖에서 노크도 하지 않고 가만히 있었더니, 토모야 군한테서 메일이……."

"그래서, 복도에서 그걸 읽었어?"

"문장이 정말 엉망진창이네. 이걸 게임 시나리오로 삼겠다니, 제정신이야?"

"부끄러움을 감추려고 내 마음을 난도질하지 말아줄래?"

"……정말 시끄럽네."

「스텔스 히로인의 진면목을 보여줬구나!」 하고 칭찬할 수도 없기에, 나는 잠입 미션을 완벽하게 수행한 메구미를 보며 마음속으로만 감탄할 수밖에 없었다.

하지만 지금은 그저 입을 다물고 있을 때가 아니라…….

"아, 아무튼…… 와줘서 고마워."

"딱히 토모야 군을 기쁘게 해주려고 온 게 아니니까 착각하지 마~."

"그, 그래도, 우리 집에 왔다는 건, 나를 용서……."

'만약 그렇다면 아무리 메구미라도 너무 만만…… 아니, 물러 터진 거 아냐? 아, 내가 할 말은 아니구나.' 같은 여러모로 문제 많은 생각을 하면서, 나는 그녀가 이곳에 온 이유 중 가장 나한테 유리한 이유를 언급했다.

"그럴 리 있겠어. 토모야 군을 향한 분노는 천정부지로 치솟고 있어. 전혀 납득 못했어. 눈곱만큼도 정에 흔들리지 않았다구."

"정말 죄송합니다!"

하지만 내 기대가 너무 컸던 건지, 메구미는 마침내 나를 쳐다보며 귀엽게 화를 냈다.

"전부 이 메일 탓이야……. 사람을 짜증 나게 했다구~."

"저기, 일단은 모에한 문장을 추구하며 써본 건데……."

메구미는 방금 자기가 한 말처럼 약간 짜증 난 듯한 태도를 취하며 스마트폰을 조작하더니…….

"하지만 에리리, 우타하 선배와 함께 게임을 만드는 게…… 설령, 지금은 같은 서클이 아닐지라도 즐겁다는 걸 부정하는 건 무리야. 절대 무리란 말이야."

"글쎄 소리 내서 읽지……."

그리고 이번에는 내가 예전에 보냈던 메일까지 뒤지기 시작했다.

"우연이지만, 기적이지만, 그래도 기쁘지 않을 리가 없어. 나, 지금 정말 행복해. ……미안해, 메구미."

"……."

하지만 그 행위는 내 콧등이 시큰해지게 하기에 충분했다.

"미안, 같은 소리 하지 마……. 토모야 군은 왜 이렇게 즐거워하고 있어? 왜 자기만 이렇게 즐거운 일을 하고 있는 거냐구."

"미안해."

내가 쓴 문장을 술술 언급하는 걸 보면…….

내 메일을 꼼꼼히 읽어준 것이니까 말이다.

"게다가, 게다가…… 이 다음은 더 심했어."

"아, 거기는……."

"『즐거우면, 즐거울수록…… 메구미가, 내 곁에 없어서, 너무 괴로워』……… 이게 대체 무슨 소리야? 응? 무슨 소리냐구……."

"……아~."

"……누가 더 괴로운지 알긴 하나 모르겠네……."

그것도, 감정 이입을 하면서 말이다.

"이 메일은 정말 사람을 짜증 나게 만들어……. 토모야 군만 에리리, 카스미가오카 선배랑 함께 게임 합숙을 하잖아."

마치 나처럼, 겨우 게임…… 아니, 메일 때문에 화내고, 삐치고, 울먹이면서…….

"내가 작년 막바지에 결국 못했던 걸, 하고 있잖아……."

진심으로, 부러워하는 목소리로…….

"그래서…… 온 거구나."

"토모야 군, 오늘부터 이벤트 연출을 한다며……?"

"응. 최종 조정을 할 거야."

"우리의 게임도 아니고, 그렇게 커다란 타이틀의 막중한 일을 셋이서 할 생각이야……?"

"뭐, 나한테는 너무 막중한 일일지도 모르지만, 그래도 『cherry blessing』을 만들었을 때처럼 하면……."

"그때도 결국 마지막 연출 부분은 거의 내가 도맡아서 했잖아."

"윽……."

"그런데, 이번에는 자기 힘만으로 해내겠다는 거야? 어떻게 그렇게 주제도 모를 뿐만 아니라, 분위기와 납기도 파악하지 못한 듯한 생각을 할 수 있는지 모르겠네……."

"그래서 네가 와줬으면 했던 거야! 네가 도와주기를 바랐던 거라고!"

그리고 자신이 더 잘할 수 있다는, 고집과 자존심까지 내비치면서…….

"……메구미가, 이곳에 와주기를 바랐던 거야."

"나는 『blessing software』의 사람이야. 마르즈나 코사카 아카네라는 사람이 만든 팀의 멤버가 아냐."

"나도 마찬가지야."

"만들 수는 있지만 만들면 안 되는 사람이라구."

"나도, 마찬가지야."

"토모야 군은 혼자서 만들 수 없잖아."

"죄송합니다."

"하지만 원래는 우리 둘 다 에리리, 카스미가오카 선배와 함께 게임을 만들면 안 되긴 해……."

메구미는 분노 에너지를 긍정적인 방향으로 증폭시키고 있지만…….

그래도, 마지막 한마디를, 입에 담지 못했다.

마지막 한 걸음을, 내딛지 못했다.

"그러니까, 그러니까…… 다시 한 번, 1년 전의 그 축제를, 다시 열려고 하면, 안 되는데……."

메구미는 이런 사람이다.

나나 에리리나, 우타하 선배처럼 남의 마음과 의견을 짓밟으면서까지 앞으로 나서지 않는 것이다.

그러니, 그녀의 길은 그녀를 소중하게 생각하는 누군가가 만들어줘야만 한다.

나는 그러기 위해, 메구미가 보는 앞에서 한쪽 무릎을 꿇어서 눈높이를 맞춘 후, 그녀와 시선을 맞추려는 듯이, 눈앞에 있는 눈동자를 지그시 응시하며 속삭였다.

"그래도……."

"그래도…… 같이, 만들어주면 안 될까? 메구미."

"어?"

"아……."

그것은, 내가 건네려던 말과 완벽하게 똑같았다.

하지만, 그것은 내 목소리가 아니었다.

"우리의 게임을 최고의 작품으로 만들기 위해, 도와주면 안 될까?"

"에리리……."

"그래. 카토 양이라면 내 시나리오도 마음 놓고 맡길 수 있어. 모에와 귀여움으로 뭐든 다 해결하려 하는 윤리 군과는 다르니까."

"아니, 저기…… 우타하 선배."

지금은 오후 일곱 시가 약간 지났을 것이다.

약속 시간에 맞춰 와서 계단을 올라온 에리리와 우타하 선배는, 복도에 앉아 있는 메구미를 자상하면서도 약간 안타까운 표정으로 응시했다.

"저기, 메구미."

"어이쿠."

에리리는 나를 밀쳐 내면서 메구미와 눈높이를 맞췄다.

이번에야말로 메구미는 푸른색이 어린 눈동자로 눈앞에 있는 상대방을 응시했다.

……나와는 시선을 맞추려고 하지 않았으면서.

"미안해……. 나, 서클을 관뒀는데, 또 서클에 폐를 끼쳤어……."

"그건…… 토모야 군 잘못이야."

"그래. 토모야가 잘못했어."

"윤리 군 잘못이야."

"예. 죄송합니다. 전부 제 잘못입니다."

"진짜로, 전부, 토모야 군 잘못이야."

"대표 주제에 서클을 내팽개치다니, 진짜 최악이다."

"윤리 군은 발기 0전."

"작작 좀 해요!"

심지어 한 사람은 완전히 논점이 어긋난 소리를 하고 있었다.

"그래도…… 미안해."

에리리는 메구미의 이마에 자신의 이마를 댔다.

"아, 아냐, 아냐……."

메구미는 그 스킨십을 받아들이면서, 눈을 꼭 감았다.

그 순간, 뭔가가 주르륵 흘러내렸다.

나와 단둘이 있을 때는 울지 않는데……. 아, 저번 통화 때 울렸으니까 비긴 걸로 해도 되려나.

뭐, 아무튼, 소녀들이 찬란히 빛나고 있는 듯한, 그 신성한 장면은…….

엄청, 엄청…… 내 창작욕을 자극했다.

전에 필사적으로 머리를 쥐어 짜냈는데도 쓰지 못했던, 에리리(가명) 시나리오의…….

그리고 지금, 이제부터 쓰려는 메구리 시나리오의 여자들 간의 우정 장면이, 눈앞에서 펼쳐지고 있는 것이다.

"메구미에게, 나쁜 짓을 한 게 쭉 신경 쓰였어…….

메구미한테서, 토…… 으음, 서클을 빼앗은 게, 계속 신경 쓰였어."

"실은 나도 쭉 신경이 쓰였어.

토모야 군 말대로, 에리리랑 카스미가오카 선배가 위기에 처했는데…….

　실은, 토모야 군이 옳을지도 모르는데…….”

“아냐, 메구미가 옳아. 상식적으로도, 심정적으로도, 전부 옳아.

　메구미가 그런 결심을 해주지 않았다면, 우리의 결심은 부질없어졌을 거야.

　토모야가 한 짓은, 나나 카스기마오카 우타하의 결심을 흔들리게 만드는 비겁한 짓이야.”

“……진짜로, 그렇게 생각해?”

“응. 진짜로.”

“…….”

“……왜 그래?”

“그럼 왜 그렇게 기뻐 보이는 거야?”

“뭐?”

“자신을 탓하고 있는데, 왜 그렇게 행복해 보이는 거야?”

“하나도 안 기뻐. 잘 봐. 벌레라도 씹은 듯한 표정이잖아.”

“그렇지 않아. 볼을 씰룩이고 있잖아.”

“아냐.”

“맞아.”

“아니라니까!”

“맞아.”

"……."

"……."

"저기, 메구미. 확인할 게 있는데……."

"왜?"

"네가 여기 온 목적 중에…… 혹시 감시도 포함되어 있어?"

"노코멘트 할래."

"……."

"……."

"아하하……."

"후후후……."

나는 여자들의 대화에 담겨 있는, 사탕과 향신료와 약과 독 등의 성분 비율은 모르겠지만…….

그래도, 마지막에 이 두 사람이 웃으면서 서로를 끌어안은 순간의 심정만큼은, 그런 조미료로 감출 수 없는 진짜라고 믿을 수 있었다.

"우리 둘 다, 최고의 게임을 만들자, 에리리."

"그래. 그러니까 도와줘, 메구미."

"응……."

"그럼 이쪽 일이 끝나면…… 이번에는 우리가 『blessing

software』의 게임 제작을 도와줄게."

"뭐……."

"당연히 그래야지. 너희 쪽 작업이 늦어진 건 우리 탓이잖아."

"아냐, 그건 토모야 군이……."

"그건 맞는 말이지만…… 그래도, 그 원인을 만든 건 분명, 틀림없이, 우리야. 맞지?"

"그건……."

"테스트 플레이든, 매뉴얼 제작이든, 인쇄소와의 교섭이든, 뭐든 다 할게. 너희가, 우리에게『도와도 된다』고 한 일만 하겠어."

"에리리……."

"에리리, 그건……."

나는 에리리의 제안을 듣고, 약간 쓴맛이 어린 목소리를 입 밖으로 토했다.

사실 그 제안 자체는 진심으로 감사해 마지않을 것이었다.

하지만 우리가 새로운『blessing software』가 되기로 결심했을 때, 버리고 만 가능성이자…….

"정말 고마운 제안이지만, 그래도……."

"응. 고마워. 그럼 부탁할게. 에리리. 카스미가오카 선배."

……나의 비장한 각오를 짓뭉개듯, 메구미는 내 말을 끊으

면서 에리리의 제안을 받아들였다.

"부탁하는구나……."

"당연하지, 토모야 군……."

메구미는 그제야 나와 눈을 마주쳤다.

그때는 에리리에게 보여줬던 눈물이 단 한 방울도 남아 있지 않았다.

"우리의 게임을 갓겜으로 만들기 위해서라면, 뭐든 해야 하지 않겠어?"

"메구미……."

고집도, 자존심도, 그리고 그 무엇도…….

카토 메구미라는 소녀는 서클을 위해 전부 내던질 수 있다.

내가…… 우리가 꿈꾸는 가슴 뛰는 최강의 미소녀 게임을 위해서 말이다.

그리고…….

그 외에는, 무엇을, 위해?

"좋아. 그럼…… 잘 부탁해, 메구미."

"우선 이번 주말부터 달려야겠네, 에리리."

"오래간만에 내일 아침까지 달려볼까?"

"에리리, 무슨 소리야. 일요일 밤까지 쭉 달려야 하잖아."

"누가 먼저 뻗어는지 내기하자."

"밤샘 승부로 에리리한테 이길 자신이 없어."

"후, 후후…… 아하하……."

"응, 응…… 후후……."

온화하게, 부드럽게, 그리고 사랑스럽게 서로를 보듬어주고 있는 그 두 사람이…….

"……윤리 군, 부러워?"

"뭐, 조금…… 아니, 꽤 많이요."

좁은 복도를 점거한 채, 나와 우타하 선배를 점점 구석으로 몰아갔다.

"뭐, 오늘은 어쩔 수 없을 거야."

"그렇겠죠……."

하지만, 여자의 우정 때문에 갑갑함을 느끼면서도, 전혀 기분이 나쁘지 않았다.

나와 우타하 선배는 메구미와 에리리의 러브러브를, 두 사람과 마찬가지로 온화하면서 부드럽게 지켜보고…….

"그러니까, 우리도…… 어때?"

"예? 어, 어라……?"

그런 현자 같은 심정에 사로잡혀 있었던 사람은 아무래도 나 혼자뿐이었던 것 같았다…….

어느샌가, 우타하 선배의 다리가 내 두 다리 사이로 비집고 들어왔다.

게다가 두 손으로 내 손을 움켜잡더니, 그대로 벽에 몰아넣어서 꼼짝도 못하게 했다.

"지, 지기~, 우라하 신배?"

"윤리 군, 최고의 ○○를 만들자. 응?"

"빈칸에 들어갈 말은 게임이죠?! 맞죠?!"

아무래도 「그건 그렇고 거리가 너무 가까운 것 같은데……?」 같은 생각이 든 것은 복도가 좁기 때문만은 아닌 것 같았다…….

"얌전히 있어. 그리고 사와무라 양과 카토 양도 눈치채지 못했으니까 괜찮아……."

"항상 하는 말이지만, 뭐가 괜찮다는 건지 전혀 감이 안 오거든요?!"

"뭘 순정파인 척하고 그래? 우리 둘 다 처음은 아니잖아?"

"선배는 왜 항상 남들 듣는 데서 그런 소리를 하는 거예요?!"

말은 그렇게 했지만 몸에서는 점점 힘이 빠져나가더니, 곧 행복으로 가득한 시간이 펼쳐지려 한 순간…….

"정말이지, 선배는 항상 어부지리만 노리는 약아 빠진 어부라니까~."

"어버버버버, 이, 이건……."

……신입 두 명이 계단 쪽에서 얼굴을 빼꼼 내밀었다.

"저기, 이즈미. 왜 가만히 서 있어? 대체 위에서 무슨 일이……."

"오빠는 보면 안 돼~!"

그리고 새로운 목소리가 하나 더 들려왔다.

······세 사람 다 이 막바지에 이르러서 처음으로 등장했으니, 캐릭터 소개는 다음 권에서 정성 들여 하겠습니다.

"이야~, 역시 여자의 감으로는 카토를 못 당하겠어~. 열심히 게임을 만드나 했더니, 틈만 나면 주지육림을 벌이려고 필사적이라니깐~. ······남녀 불문하고 말이야."

"메구미 너, 역시 그런 식으로 생각하고 있었어?!"

"어? 어? 으음, 그렇게 직접적으로 말한 적은 없는 것 같은데······."

"기왕이면 이번만큼은 좋게 마무리할 생각이었는데, 역시 카토 양은 끝까지 마음에 안 든다니깐······."

"저기, 여러분! 지금부터 스케치를 할 거니까 그 포즈 그대로 움직이지 마세요~!"

"너희까지 온 바람에 더 꼼짝도 못하게 됐잖아~!"

뭐, 그런고로, 우리의 『마지막 축제』는······.

어느새, 구 『blessing software』와 신 『blessing software』가 합쳐진 완전체 『blessing software』로 개최되었으며······.

이 올스타 멤버로 올해 말까지 추가 공연을 하기로 결정된 것 같았다.

에필로그

그리고, 13권 프롤로그

"우와, 벌써 어두워졌네~."

"이즈미, 뛰지 마. 이 언덕을 뛰어 내려가다간 멈춰 설 수가 없어."

"배고파~! 선배, 어디서 뭐 안 먹을래?"

"그건 괜찮지만, 카레는 사양하겠어."

"아~, 진짜, 죽은 듯이 잠들고 싶어~."

"그럼 다들 잘 가~!"

일요일 오후 여덟 시.

거의 50시간에 걸친 왁자지껄한 축제가 마침내 끝나자, 다들 이 집의 현관을 통해 삼삼오오 돌아갔다.

서둘러 언덕을 내려가는 이즈미를, 이오리가 허둥지둥 쫓아갔다.

그 뒤를 이어 우타하 선배와 미치루가 현관 밖으로 나갔다.

그리고 에리리는 언덕 아래에 있는 역으로 걸어가는 이들과 반대로, 언덕 위에 있는 자기 집으로 향했다.

　이번 주말에 남아 있던 이벤트 연출 지시는 전부 끝냈다.

　이것으로 『필즈 크로니클ⅩⅢ』에서의 코사카 아카네 팀의 작업은 진짜로, 전부 끝났다.

　모든 성과물을 납품한 후, 마르즈의 마에카와 디렉터한테서, 푸념과 위로 같은 여러 가지 감정이 섞인 『……수고했습니다』라는 메시지를 듣고 전화를 끊었다.

　그리고 우리는 환성을 지르면서 두 달 후 업계를 석권할 갓겜의 완성을 『일단』 축하했다.

　이 이틀 동안, 정말 많은 일이 있었다.

　정말 생략해버려도 될까 싶을 정도로 다양한 일들이 말이다.

　에리리와 이즈미는 그림만이 아니라, 다양한 부분에서 의견이 엇갈리며 충돌했다.

　그리고 시나리오와 음악에 관해 논의를 하고 있던 우타하 선배와 미치루는 어느새 에로 토크를 벌였다.

　그런 여자들의 정원에 더는 있을 수 없었던 이오리와 나는 거실에서 차를 마시며 이야기를 나눴다.

　그리고…….

"······다들, 벌써 갔어?"

"······그래."

메구미는 그런 소동에 몇 번이나 휘말릴 뻔하면서도, 강력한 스텔스 성능을 발휘해 가며 묵묵히 작업을 이어 나갔다.

아무래도 이 스텔스 성능은 작업이 끝난 지금도 발휘되고 있는 건지, 다들 돌아가고 난 후에 불쑥 현관에 모습을 드러냈다.

그게 순수하게 메구미의 스텔스 성능에 의한 것인지, 아니면 누군가의 의도와 배려에 의한 것인지는 솔직히 말해 알 수가 없었다.

하지만 현재 이 현관에는 메구미와 나 둘밖에 없었······.

"그럼 나도 슬슬······."

"역까지 바래다줄게."

"됐어."

"바래다줄래."

"난 몰라."

"······고마워."

「난 몰라」는 오케이라는 의미라고 멋대로 해석한 나는 메구미의 옆에 서서 함께 언덕을 내려갔다.

앞장서고 있던 네 사람은 이미 어둠 속에 몸을 감췄다.

아무도 없는, 아무것도 보이지 않는 길을 우리는 미묘하게 느긋하세······.

그야말로 누군가의 의도와 배려에 의한 건지 완전히 수수 께끼에 휩싸인 채, 천천히 걸어갔다.

"다 끝났네~."

"안 끝났어."

"뭐?"

"우리의 게임은 전혀, 완전히, 눈곱만큼도, 완성되지 않았 잖아."

"오늘 하루 정도는 그런 생각은 안 하고 싶은데······."

"보름 넘게 잊고 있었으면서······."

"으~."

그랬다. 이틀 동안, 정말 많은 일이 있었다.

하지만 나에게 있어서는 이 이틀만이 아니라······.

이 약 보름 동안, 정말, 정말, 별의별, 일이······.

"지금 바로 토모야 군에게 알려주고 싶어······. 이 며칠 동 안 이즈미 양과 효도 양이 얼마나 최선을 다했는지를······."

"이오리도 마찬가지지?"

"나도 마찬가지야."

"그건 이미 알고 있어."

"흥······."

그리고, 이런저런 일이 있었던 사람은 나만이 아니다.

대표가 보름 동안 자리를 비운 서클을, 분명 죽을힘을 다해 이끌어 나갔을 부대표는, 이 죄인의 주장을 듣더니 귀엽게 토라졌다.

"아직 용서 안 했어."

"용서받았다고 생각 안 해."

메구미가 돌아온 것은 나를 위해서가 아니다.

그저 에리리, 우타하 선배와 함께 열심히 게임을 만들고 싶었던 것뿐이다.

화해한 상대 또한 내가 아니라 그 두 사람이었다.

내 노력이 아니라, 여자들의 우정이 문제를 해결한 것이다.

"그럼 좀 더 송구하다는 반응을 보여야 하지 않을까?"

그런고로, 우리는 아직 화해하지 않았다.

그러니, 이건 착각이다.

"미안해. 정말 잘못했어…… 앞으로는 뭐든 다 할게."

"뭐든 다 하는 건 당연한 거고…… 이제 겨울 코믹마켓까지 두 달도 안 남았어."

"이야~, 진짜로 뭐든 다 하지 않으면 기한 안에 게임을 완성 못하겠네~."

"사과하는 척하면서 말 돌리는 것도 용서 못해."

"……잘못했습니다."

그렇다. 착각이다.

이렇게 화내고 있는데, 아니, 화내고 있기 때문일까?

내 손을, 손톱이 박힐 정도로 세게 움켜쥔 채 한사코 놓지 않다니…….

"그리고 사과하면서 히죽거리는 것도 용서 못해."

"아니, 이건…… 기뻐서 그런 건데 어떡하라고."

"기뻐? 내가 이렇게 화를 내고 있는데?"

"그래. 화내고 있지……. 지난번에는 두 달 넘게 화도 내지 않았잖아."

"……확 돌아오지 않으면 좋았을 걸…….'

"그것도 내가 조금은 성장했기 때문인가? 뭐, 이번에는 보고랑 연락도 했잖아."

"상의는 안 했어."

"하지만 메구미도 그랬잖아……. 「실은, 토모야 군이 옳을지도 모르는데」라고 말이야~."

"아무 생각 없이 남의 대사를 베끼지 말아줄래? 도대체 토모야 군은 창작욕도 배려도 없다니깐."

"예, 죄송합니다. 전부 제가 잘못했습니다."

나는 먼저 아무 생각 없이 남의 문장을 베꼈던 누구누구 씨에게 아무 말도 하지 않은 채, 그저 메구미의 손을 그녀보다 세게 움켜잡기만 했다.

"그럼 이번에야말로 제대로 사과할 테니까…… 들어줘."

"응. 이번에야말로 성심성의껏, 진지하게 사과해봐."

"……양심에 따라 진실을 말하고, 아무것도 숨기지 않으며, 거짓을 말하지 않을 것을 맹세합니다."

"……꽤 스스로를 궁지로 몰아넣었네."

"뭐, 이번만큼은 절대 거짓말을 할 수 없거든."

"뭐……."

그렇다. 지금부터 내가 하는 말에는 한 점의 거짓도 섞여선 안 된다.

왜냐하면, 이것이야말로 유일한 루트로 이어지는 길이다.

다양한 우여곡절을 겪은 끝에, 필사적으로 플래그를 찾아낸 결과…….

겨우겨우 도달한, 최후의 선택지인 것이다.

"나, 나, 말이야……."

"…………."

메구미가 원치도 않는데, 멋대로 벗어지고 만 『전』에서…….

이번에야말로, 내가 원하는 『결』로 이어지는 길을…….

처음 만났을 때…… 아니, 그때는 이미 그녀를 만나고 1년 가량 지났다.

아무튼, 제대로 알고 지내게 된 지 한 달도 채 지나지 않았는데, 그녀는 나를 친근하게 대해줬다.

그러니, 살짝 세게 밀어붙이면 왠지 마음대로 할 수 있을 것도 같았다.

하지만, 그 후로 1년 반이 흘렀는데도 결국 아무 일도 없었다.

어쩌면 남자로서 시간을 너무 들인 걸지도 모른다.

하지만, 실제로 1년 반 동안 단둘만의 시간을 보내자, 이런 생각이 들었다.

우리에게는 그 정도의 시간과 말과 감정의 교환이 필요했다고 말이다.

간단하고, 쉬우며, 골치 아프고 성가시며…….

무슨 생각을 하고 있는지 미묘하게 알 수가 없으며…….

아니, 깊이 생각한 적이 없는 걸지도 모르지만…….

그래도, 아니, 그렇게 때문에……?

그녀의 행동과 말은 왠지 깊이가 있고 어려웠다.

1년 반 전에는 이럴 용기가 없었다.

1년 반 전이었으면, 사고와 흥으로 얼버무렸……을지도 모른다.

하지만 지금은 이렇게 무섭고 긴장되며 손이 떨린다.

그리고, 매우 강한 마음을 품으며, 나는 그 행동을 취했다.

"나…… 메구미를 좋아해! 3차원^{현실}의 너를 좋아해!"

"그『현실』이라는 부분은 빼도 되지 않을까?"

"……어이."

아니, 뭐, 내 발언도 문제가 많다고 생각하거든?

그래도, 이 일생일대의 고백 순간에, 그런 카토다운^{멍한} 반응을 보일 필요는 없잖아…….

■작가 후기

안녕하십니까. 마루토입니다.

『시원찮은 그녀를 위한 육성방법』12권, 겨우겨우 애니메이션 2기 방영 전에 내놨습니다.

뭐, 이런 전개의 12권을 애니메이션 2기 방영 전에 내놔도 되는 건지 갈등이 좀 되긴 했습니다. 그 정도로 여러 가지 방향성이 정해지는 이야기였으니, 아직 본편을 읽지 않은 독자 여러분은 첫 페이지로 돌아가 주셨으면 합니다. 처음, 그러니까 프롤로그 부분 말이에요. 에필로그부터 보거나 하면 안 된다고요.

자, 이번에는 어떤 병에 관한 이야기가 작품에서 다뤄지며 좀 시리어스하게 연출해봤습니다. 그리고 지인 중에서 경험자를 찾아내 이야기를 들어봤죠.

실제로 그 병을 경험해본 사람, 모 고급 호텔 같은 병원에 입원해본 사람, 그 외에도 병과 관련된 다양한 체험담을 만나는 사람마다 물어봤습니다. 그 결과 알게 된 것은 『이 업계 사람들은 병에 걸릴 확률이 높다』는 점이었습니다. 덕분에 샘플을 충분히 모을 수 있었죠. 여러분, 건강 검진은 정기직으로 받아모세요.

그래도 함께 술을 마시다 「그래서? 처음 쓰러졌을 때는 어땠어?」, 「그 고통을 좀 더 알기 쉽게 표현할 수는 없어?」 같은 질문을 받은 분들은 「이 녀석, 진짜로 냉혈한 아냐?」 하고 생각했을지도 모르겠군요. 다음에 제가 한 잔 살 테니 그때의 무례한 태도는 잊어주셨으면 합니다.

그리고 처음에 말했다시피, 애니메이션 제2기 『시원찮은 그녀를 위한 육성방법♭』이 곧 시작됩니다.

현재 애프터 레코딩을 시작했으며, 오래간만에 재회한 많은 분들과 2년 전의 분위기를 떠올리며 반가움에 젖어 있습니다.

캐스팅도 거의 늘어나지 않은 데다, 스태프도 거의 변함이 없어서, 정말 작업하기 쉽고 즐거운 현장이라 기뻤습니다만, 그래도 그 친절한 분위기에 젖어 있을 때가 아니더군요. 속편이라는 것은 조건적으로 전작보다 혜택이 있는 만큼, 예전보다 많은 기대를 짊어져야만 합니다. 매상은 제작위원회의 노력에 맡기더라도, 그 노력을 이끌어 내기 위해서는 저희도 타협하지 않고 노력할 따름입니다. 구체적으로는 신작 특전이라든가 차회 예고, 이벤트의 사전 진행이라든가, 애프터 레코딩 드라마라든가…… 아, 그 대신 매체 샘플이라든가 이벤트 관계자석 같은 『배려』도 잘 부탁드립니다(쓰레기 발언).

그리고…… 이번 권을 읽어보신 분들은 어렴풋이 눈치채셨을지도 모르지만(본편을 읽고 후기를 보세요!), 다음 권 이후의 전망에 대해 이야기할까 합니다.

솔직히 말해, 다음 권은 걸즈 사이드 3이 될 예정입니다. 이번 권과 거의 같은 시간대를 다른 시점에서 그려 나가며, 이번에 거의 등장하지 않았던 이들, 그리고 등장은 했지만 중요한 부분은 대충 넘어갔던 그분들의 행동과 심정에 대해 세세하게 그려볼까 합니다. 이렇게 보니 토모야는 자신의 주위에서 무슨 일이 일어나고 있는지 전혀 파악하지 못하고 있군요. 아무튼, 외전이라고 하기에는 여러모로 문제가 많은 책이니, 본편만 구매하신 분들은 이야기의 전체적인 부분을 파악하기 위한 필요성을 확인해 주셨으면…… 정말 죄송합니다. 하지만 이걸 안 읽으면 이야기가 이어지지 않아요 (문제 발언). 그리고 발매 시기에 관해서는…… 지옥 밑바닥에서 「당연히 애니메이션 방영 기간 안에 낼 거죠~?」라는 신음 소리가 들려온 듯한 느낌이 듭니다만, 제 페이스에 맞춰 최선을 다하려고 합니다. 뭐, 외전이라고는 해도 전부 새로 써야 하니까요.

자아, 그럼…… GS3에 이어 발매될 13권에서 『시원찮은 그녀를 위한 육성방법』은 완결될 겁니다.

이찌면 본편과 관세가 없을 듯한 외전 격 작품이 여러 정치적 판단에 따라 이 세상에 나올 가능성은 있습니다만, 순수한 본편은 13권에서 마침표가 찍힐 예정입니다.

지금 생각해보면 벌써 5년가량이나 이 작품과 매일 같이 어울려 왔습니다만, 드디어 토모야와 마루토의 『서클 활동』을 종언으로 잇기 위해, 마지막 『결』에 돌입하려 합니다.

좀 쓸쓸한 느낌도 듭니다만, 그래도 캐릭터들은 앞으로도 (저희가 모를 뿐) 살아 있을 테니, 앞으로도 여러분의 마음에 쭉 남아 있었으면 좋겠다고 생각합니다.

……아니, 이렇게 대미를 장식한 듯한 느낌을 자아내 봤자, 남은 두 권의 집필 페이스가 이제까지보다 더 험난할 거라는 건 안 봐도 뻔하죠. 그래도 현실 도피 하지 않고 열심히 플롯을 진행하려 합니다.

그러니 감사 인사……를 할 공간이 없으니 일단! 미사키 씨! 이제 두 권 남았어요! 잘 부탁해요!

그럼 앞에서 고지했다시피 GS3을 통해 근시일 내에(아마도) 다시 찾아뵙겠습니다.

2017년, 겨울 마루토 후미아키

■역자 후기

안녕하십니까. 근로청년 번역가 이승원입니다.

『시원찮은 그녀를 위한 육성방법』 12권을 구매해주셔서 진심으로 감사드립니다.

2017년도 절반이나 지나갔습니다.

11권 이후로 12권 작업을 하는 사이에, 정말 많은 일들이 있었습니다.

어금니가 깨져서 잇몸을 난도질하는 바람에 수술을 받아야했고, 몇 년 동안 잘 써왔던 기계식 키보드가 A/S 기한이 지나자마자 그대로 고장이 나고 말았죠.

그래서 급히 구매한 기계식 키보드는 숫자패드 뿐만 아니라 F1~10키 등도 없는 엄청난 미니 키보드인지라 작업에 힘든 지경이었습니다.

그래도 운 좋게 적당한 키보드를 발견해서 바로 구매하는데 성공!

……하지만 그 후로도 제 불행은 끝나지가 않더군요.

마법소녀물을 빙자한 포격소녀물의 극장판 1기&2기가 일본에서 4DX로 개봉한다고 해서 쾌속선 안에서 작업을 하면서까지 일본에 갔습니다만, 2기는 상영 시간대가 맞지 않아서 놓치고 말았습니다.

　……그런데 1기가 너무 엄청난 완성도(4DX 의자에서 몇 번이나 떨어질 뻔 했습니다^^)여서 2기 보는 꿈에도 나올 지경이라, 결국 다시 일본에 가기로 결정!

　……그런데 제가 주로 이용하는 쾌속선이 하필 그 타이밍에 정비에 돌입해 운영을 하지 않는 바람에 야간 밤배를 타고 12시간이나 걸려서 가야했습니다.

　그리고 농담 보태 일본에 백 번 넘게 가본 저조차 한 번도 가보지 않은 시골에서 개봉하고 있었던지라, 길을 헤매고, 다른 극장에 가는 등, 별의별일을 겪은 끝에 겨우 관람했죠.ㅠㅠ

　그리고 겨우 집에 돌아와 일에 전념하려 하는데…… 이번에는 장염 발동!

　설사와 복통이 용호난무를 벌이는 상황에서도 죽도록 일하고 있습니다(←현재 여기).

　그런 고로 이번 역자 후기에서는 본문에 대한 이야기는 생략할까 합니다.

　이 빚은 GS3, 혹은 13권에서 꼭 갚겠습니다!

그럼 이만 줄이겠습니다.

L노벨 편집부 여러분, 이번에도 정말 폐 많이 끼쳤습니다. 그래도 저 같은 불우 역자(?)를 버리지 말아주시길(넙죽).

저와 함께 모 포격소녀물 관람 여행을 2주 동안 두 번이나 갔던 동포님. 고생도 엄청 했고, 일본에서도 일만 했지만, 그래도 재미있었습니다. 특히, 하얀 마왕님께서 스트라이크 프레임을 펼치고 돌격하는 장면을 영화관에서 봤을 때는 정말…… 자아, 3기 때도 같이 가시는 겁니다!

마지막으로 언제나 제게 버팀목이 되어주시는 어머니와 『시원찮은 그녀를 위한 육성방법』을 읽어주신 모든 분들에게 진심으로 감사드립니다.

여자들간의 충격적(?)인 이야기가 펼쳐질 GS3 역자 후기 코너에서 다시 뵙겠습니다!

2017년 6월 중순
역자 이승원 올림

시원찮은 그녀를 위한 육성방법 12

1판 1쇄 발행 2017년 8월 10일
1판 5쇄 발행 2019년 12월 12일

지은이_ Fumiaki Maruto
일러스트_ Kurehito Misaki
옮긴이_ 이승원

발행인_ 신현호
편집장_ 김은주
편집진행_ 최은진 · 김기준 · 김승신 · 원현선 · 김솔함 · 권세라
편집디자인_ 양우연
국제업무_ 정아라 · 전은지
관리 · 영업_ 김민원 · 조은걸 · 조인희

펴낸곳_ (주)디앤씨미디어
등록_ 2002년 4월 25일 제20-260호
주소_ 서울시 구로구 디지털로 26길 111 JnK디지털타워 503호
전화_ 02-333-2513(대표)
팩시밀리_ 02-333-2514
이메일_ lnovelpiya@naver.com
ㄴ노벨 공식 카페_ http://cafe.naver.com/lnovel11

Saenai heroine no sodate-kata. Vol.12
©Fumiaki Maruto, Kurehito Misaki 2017
First published in Japan in 2017 by KADOKAWA CORPORATION, Tokyo.
Korean translation rights arranged with KADOKAWA CORPORATION, Tokyo.

ISBN 979-11-278-4217-8 04830
ISBN 979-11-278-4216-1 (세트)

값 6,800원

© 2016 Aiatsushi
Illustration:Yoshiaki Katsurai
KADOKAWA CORPORATION

백수, 마왕의 모습으로 이세계에 1권

아이아츠시 지음 | 카츠라이 요시아키 일러스트 | 김장준 옮김

한창 즐겼던 게임이 서비스 종료를 맞이한 날.
홀로 대보스를 토벌하고 사기급 능력을 입수한 요시키는
낯선 장소에서 눈을 떴다.
마왕으로 착각할 만한 중2병 장비를 걸친
자신의 캐릭터, 카이본의 모습으로!
심지어 갈피를 잡지 못하는 그의 앞에
요시키의 세컨드 캐릭터, 엘프 류에가 나타나고……?!
그녀와 둘이서 생활하는 동안 그는 알게 된다.
자신이 이 세계에서 신화 수준의 영웅으로 전해져 내려온다는 것을─!

마왕의 모습으로 세계를 누비는
유유자적 여행기, 개막!!

중고라도 사랑이 하고 싶어! 1~5권

타오 노리타케 지음 | ReDrop 일러스트 | 이진주 옮김

"웃기지 마! 이 비처녀가!" 고등학생 아라미야 세이이치는
교내에서 제일가는 불량 학생 아야메 코토코의 말썽에 휘말린 사건을 계기로
아야메 코토코가 끈덕지게 따라다니는 상황에 처하게 되고, 심지어 고백까지 받는다.
그러나 세이이치는 신념에 따라 그것을 거절한다.
"야겜의 히로인 말고는 흥미 없어." 미인이지만 중고라는 소문이 도는
코토코는 아예 논외였다. 그것으로 포기하리라고 생각했건만……
"반드시 네 이상이 돼주겠어."
그렇게 선언한 코토코는 게임의 히로인과 같은 트윈테일 미소녀로 변신!
이건 대체 무슨 야겜? 인가 싶을 만큼 억지스러운 방법으로 세이이치에게 접근한다!!
불량소녀와 오타쿠.
얽힐 일이 없을 터였던 두 사람의 이야기는 어디로 향할 것인가?!

『소설가가 되자』에서 화제가 된,
「사실은 일편단심 순정 소녀」계 러브코미디!!